七代目　銭形平次の嫁なんです

神楽坂淳

朝日文庫

本書は書き下ろしです。

目次

七代目　銭形平次の嫁なんです

序

かろん。

涼やかな音をたてて下駄が鳴った。寒々しくなるからこの真冬にはあまり涼やかな音を立てないで欲しい、と下駄に願いながら、葉桜菊菜《はざくらきくな》は足を速めた。

日本橋は寒い。菊菜の住んでいる神田明神《かんだみょうじん》と比べて、海からの風がある分、冬は格別に厳しいことになる。

それでも日本橋に来ないといけないのは、神田明神にはいい墨を売っている店がないせいだ。

菊菜は月の半分程度、寺子屋で読み書きを教えている。そのためにはいい墨が必要なのである。

日本橋の文魁堂《ぶんかいどう》という店が、菊菜の贔屓《ひいき》である。

「こんにちは」

声をかけると、手代の午吉《ごきち》がすぐに出てきた。

「いらっしゃい。菊菜様」

午吉が頭を下げた。

苗字《みようじ》の「葉桜」ではなくて「菊菜」と名を呼ぶのは、父親の一之進《いちのしん》も文魁堂を使っているせいだ。

まぎれないように名前で呼んでもらっている。そのほうが親しみも出る。

「今日はなにをお探しで？」

「梅香《ばいこう》がいいかと思うのよ」

「もうじき初午《はつうま》ですからね。墨は御入用でしょう。筆はどうしますか？」

「筆も欲しいわ。二本いただけるかしら」

「かしこまりました」

午吉が店の奥に引っこむ。筆や墨は慣れた店で買わないとどうにもならない。

特に筆は自分の手にあったものでないと書きにくくて仕方がない。

なじみの店なら菊菜の手にあった筆をきちんと用意してくれる。

「この辺りでいかがでしょう」

午吉が筆を差し出してきた。けやきの筆と竹の筆である。穂先は馬とイタチの毛をまぜたものだった。

「うん。いつも通りね」

筆は軸の部分が手にしっくりこないといけない。その日の気持ちでけやきか竹かを使い分けることにしていた。

「そろそろ季節ですからねえ」

「ええ。楽しみです」

寺子屋にとって二月は特別な月である。二月の最初の午の日、初午の祭りの翌日が寺子屋の新入の日なのである。

子供にとっては生まれてはじめての勉学の始まる日であった。

だからそれまでの間は「遊びおさめ」と称して子供は遊び回る。

「墨はこれで」

午吉が墨を出してきた。

墨にはさまざまな香りがあるが、梅香と呼ばれる香りが一番好きである。午吉が出してきた墨はいい香りがした。上物である。

「いただくわ」

「ありがとうございます。おつつみしますね」

午吉は笑顔で言ってから、菊菜の顔を窺《うかが》うように見た。

「あの。ひとついいですか?」

「なんでしょう」

「銭形平次《ぜにがたへいじ》親分と所帯を持つって本当ですか?」

壱

「御用だ!」

子供の声がした。

「御用だ!」

今度は野太い大人の声がする。

どうやら捕物らしい。一月下旬の神田明神は捕物が多い。普段から掏摸《すり》やかっぱらいの多い土地なのだが、初午を前にしたいまの時期はいつにも増して多かった。

目の前に一人の男が逃げてきた。どうやら犯人らしい。その後ろから子供が二人追いかけてくる。子供を追い越すようにして平次がやってきた。

「大人しくしやがれ」

平次が叫ぶ。と言われて本当に大人しくする犯人はなかなかいない。犯人は菊菜を見つけると少し口元をゆるめた。

まっすぐに菊菜のほうにやってくる。どうやら人質に取るつもりらしい。

菊菜は腰に手をやると、帯にはさんである青竹を取り出した。寺子屋で指さし確認をするための青竹だ。なんとなくいつも持ち歩く習慣になっていた。

細くしなる青竹は軽くて持ちやすい。一尺五寸（約四十五センチメートル）ほど、ちょうど小太刀《こだち》くらいの長さであった。

男がやってくるのをしっかりと見定めると、菊菜はぴしりと男の額を青竹でひっぱたいた。

正面から顔を叩《たた》かれてのけぞる。

さらに左の耳を打つと、男は地面にころがった。

覚悟していないときに打たれると細い竹でもびっくりしてやられてしまう。だから直前まで相手に得物を見せないのが大切だ。

「おう。覚悟しろ」

平次がやってきて男を縛った。

「手間かけさせちまってすまねえ」

平次が笑顔を見せた。

「いえ。お手柄です」

言葉を返す。

後ろから十を越えたばかりの少年がやってきた。同心《どうしん》見習いだ。同心の子は十一になると父親の組に入って見習いをやる。

まだ慣れていないのか、顔に緊張があふれていた。

「おう。あんたの手柄ってことでいいだろう」

平次が男をしばりあげると縄の端を少年に渡した。

「ありがとうございます」

「番屋に連れていけよ」

じゃらじゃらという雪駄《せった》の音とともに、後ろから同心がやってきた。

「ご苦労であった」

重々しく言う。

年齢はもう六十に届きそうな様子である。臨時廻《まわ》り方《かた》同心の近田修平《ちかだしゅうへい》である。

「こんにちは、近田様」

「おお。菊菜ちゃん。お手柄だね」

近田は相好《そうごう》を崩した。

臨時廻りというのは長年定廻《じょうまわ》りを勤め上げた人がなるものだ。事件も解決するが、どちらかというと定廻りの指導をする役目だ。

今日は孫の指導をしているのだろう。菊菜が小さいころはまだ定廻りをやっていた。

菊菜からすると「近所のおじいちゃん」という感じである。

「お。こいつは気がきかないことをしたね」

そういって笑うと、近田はかしこまって頭を下げた。

「平次をよろしく頼む」

「待ってください」

「いい男なんだ」

「付き合ってません」

菊菜が言うと、近田は驚いた表情になった。

「所帯を持つのではないのか？」

「言われただけですよ。まだ付き合ってないです」

菊菜が答えると近田は目を剝《む》いた。

「おい平次！」

「へい」

平次がやってきて頭を下げる。

「お前、まさかと思うが片想《かたおも》いなのか？」

「へえ。そのまさかです」

「それで所帯を持つって吹聴《ふいちょう》してるのか？」

「我慢できなくて」

平次が頭をかいた。

まるで子供が叱《しか》られているようだ。思わず笑ってしまう。

「それで菊菜ちゃんの気持ちはどうなんだい？」

近田が訊《き》いてきた。

「気持ちですか」

「こいつと所帯を持ってもいいのかい？」

近田の顔は真剣だ。いつの間にか周りに注目されている。縄で縛られている犯人までが菊菜を見ていた。

「それをここで答えないと駄目ですか？」

「あ。すまねえな」

近田が苦笑した。

「平次はいい男だからな」

どうやら近田は平次が好きらしい。平次は岡《おか》っ引《ぴ》きなのに人望がある。これにはなかなか珍しいことだ。岡っ引きは大体ごろつきにしか人望がなくて、普通の人には嫌われる。

だからかなり稀有《けう》な存在といえた。

たしかに子供っぽいし愛嬌《あいきょう》もある。高飛車なところもない。顔もまあ、菊菜の好みからいくといい男と言ってもいいだろう。

一緒に暮らしてみないとわからないが、悪い相手には見えない。

「まんざらでもないというところか。よかった」

近田はなにか合点したらしい。

「なにも言ってませんよ」

菊菜は返したが近田は勝手に納得している。

「長年同心なんてやってるとな、勘働きというものがしっかりしてくるんだ。特に相手の嘘《うそ》なんかを見分けるのがうまくなる。菊菜ちゃんは気がついていないかもしれないが平次に気があるんだよ」

断定されてしまうと、どう答えていいのかわからない。

といっても、長年同心を勤めている近田の勘がはずれるとも考えにくい。とすると菊菜は知らないうちに平次を好きになっているということだ。

それはそれでなんだかくやしい気がする。

「俺はこいつを番屋に放り込んでくるから、平次を頼む」

そういうと近田は行ってしまった。

「俺も番屋に行ってくる」

平次はそういうと去って行ってしまった。

さて。どうしよう。

菊菜は歩きながら考え込んだ。なんとなくあたりからの視線が痛い。あきらかに目立っている。

それはそうだろう。どう考えても注目されていた。

ただでさえ「銭形平次に求婚された」という噂《うわさ》が出回っているようだ。神田明神下でならともかく、日本橋にまで届いているとなると生活に影響が出るかもしれない。

まずは家に戻って考えよう。

そう思って足を速めた。

もうすぐ初午だから、町がなんとなく浮かれている。初午は江戸でも最大の祭りである。年末の羽子板市などよりも大きい。

稲荷《いなり》神社の祭りでほぼすべての稲荷神社から神輿《みこし》が出る。無数にある稲荷神社すべてからなので、まさに数えきれない。

だから初午から十日前くらいになると江戸の町全体が浮かれてしまうのだ。

「菊菜、さん」

普通に後ろから声がした。振り返ると、平次がいた。

「あら。平次さん。番屋に行ったのではないの」

言ってから、少し声がうわずっていたかもしれない、と思う。

「戻ってきました」

こちらはもう完全に挙動がおかしい。

「妻になってほしい」

と言われたのは三日前のことである。平次とは「いい雰囲気」だったのは間違いない。しかし結婚となるとなかなか難しい。

菊菜は浪人とはいえ武家の娘である。町人の平次と結婚するためには武士の身分を捨てなければいけない。

菊菜としてはそれはそれ。なのだが、両親が許すのかという問題はある。

だからすぐに「はい」とは言えなかったのである。

問題は、平次に路上で告白されたことだった。とにかく見かけた人が多いのであっという間に噂になってしまったのだ。

「この間はすいません。気がせいてしまって」

「そうですね。すっかり噂になってしまっています」

「考えなしで申し訳ない」

平次が頭を下げた。

「そこでなにをやっておる」

怒りを含んだ声が菊菜の背後から聞こえた。振り返ると、父親の一之進が立っていた。

「お父様?」

青白い顔をして、一之進が菊菜を見ている。

「どうしてこんなところに?」

「いてはいかぬのか？」

「いえ。いまは寺子屋にいる時分では？」

「わしがいないと思って安心して逢引《あいびき》か？」

「とんでもないです。親父《おやじ》殿」

平次があわてて首を横に振った。

「親父？　お主の父親になどなったおぼえもないが」

一之進の体からめらめらと殺気がたちのぼる。

「お待ちください。お父様。歩いていたらたまたま平次さんとすれ違ったのです。約束をしたわけでもないですよ」

そういって菊菜は持っていた筆を見せた。

「筆を買いに文魁堂さんに足を運んだのです」

「では偶然だというのだな？」

言いながら一之進は手で平次を追い払ってしまった。

「帰るぞ」

一之進は優しい笑顔を浮かべた。小さいころから菊菜が知っている笑顔だ。

「お父様。平次さんはなにも不埒《ふらち》な考えを持ってはいないですよ」

「お前を嫁に欲しいと言ったのだろう?」

「それはそうですが」

「それ以上の不埒があるか」

一之進の言葉には取り付く島もない。

そのまま黙って家に着く。菊菜の家は神田明神裏の長屋である。水道橋《すいどうばし》を渡って湯島《ゆしま》のほうを回る。

神田明神の名物の急な坂の下に長屋はあった。

表には「大和屋《やまとや》」という伽羅油《きゃらあぶら》や白粉《おしろい》を扱っている店がある。ここが菊菜の家の地主であった。

「こんにちは」

店の表を掃いている小僧の竹七《たけしち》に声をかける。

「こんにちは」

竹七も挨拶を返してきた。

「あ、少し店の中に入ってください。お願いがあります」

一之進のほうを見ると、一之進は大きく頷《うなず》いた。

「先に帰っておる。ゆっくりでよいぞ」

「わかりました」

そう言うと店の中に入る。

「奥の座敷までどうぞ」

言われるままに座敷に入る。

中には主人の大和屋惣右衛門《そうえもん》が座っていた。

「菊菜様。お呼びしてすいません」

菊菜は浪人といっても武家の娘だから、惣右衛門の腰は低い。

「どうなさいましたか?」

「じつは新作の紅ができまして。お試しいただきたいのです」

大和屋は化粧道具全般を扱っている。菊菜は新作を試す仕事を請けていた。菊菜は美人ということで目立っているから、その装いはまわりの女性の参考になる。

大和屋の看板娘というのも知れているから、菊菜が歩くだけでもいい宣伝になるのだ。

「これは綺麗《きれい》な色ですね」

赤というよりもやや桃色に近い。鏡を見るかぎり菊菜には似合っているようだった。

「これは若い娘さんにもぴったりなので、ぜひ寺子屋に行かれるときにつけてください」

たしかにそうだ。菊菜が教える寺子屋には女子しかいない。男子と交わることはしたないからである。

なので七から十五までの女子を教えていた。そうなるとませている娘は化粧をしたがる。菊菜はいいお手本であった。

「わかりました。使わせていただきます」

「ありがとうございます」

それから大和屋は、一瞬迷った表情になってから言った。

「口出しをすることではありませんが、例の件はいかがなされるのですか？」

またこれか。と菊菜は思う。

平次とのことはもはや事件と言ってもいい。町中が気にしているような気がする。

「大和屋さんはどう思われますか？」

「どうとは？」

「賛成ですか？」

平次は岡っ引きである。岡っ引きというのはいってしまえばごろつきで、悪いことも数多く「やる」人でもある。

ただ、たまに悪事を働かない岡っ引きもいる。その中から襲名して町を守るのが「銭形平次」なのである。

初代の平次は三代将軍家光《いえみつ》のころ、将軍を守った岡っ引きとして有名になった。それから平次の名は襲名されて、今回が「七代目」である。

ただし、襲名しても女房がいなければ真の平次にはなれない。女房が養ってくれるから平次は犯罪をおかさないのである。

いってしまえば正義のヒモ野郎である。

町の人としては「銭形平次」がいるというだけで犯罪が減るからありがたいともいえる。ただし自分の知っている女性が平次の女房になるのを賛成するかといえばそれは別問題なのである。

「反対とまでは言いませんが、賛成かと言われると困りますね」

大和屋は渋い表情になる。

「わたくしの気持ちがどうであれ、まわりに祝福されないようでは結婚はできません」

菊菜ははっきりと言った。

たしかに平次と菊菜はいい雰囲気だが、町中に反対されてはどうにもならない。結婚というのは本人同士の感情でできるものではないからだ。

「大和屋さんが反対する理由はなんですか？」

「貫目《かんめ》です」

大和屋はきっぱりと言った。

「襲名したといってもまだ先物買いのようなもの。さすが銭形平次というような手柄をたてたわけではありません」

「手柄が必要ということですか？」

「そうですね」

「では手柄があれば反対ではないのですか？」

「銭形平次がうちの町に住むのであれば名誉なことですからね。平次さんがうちに引っ越してくることはないでしょうが」

平次のほうは、金沢町《かなざわちょう》の明石《あかし》長屋に住んでいる。菊菜の家からは目と鼻の先だ。どちらに住むにしても大和屋の近くということになる。

「それで肝心の菊菜様の気持ちはどうなのですか」

「そこなんですよ」

菊菜は大和屋を見た。

「単純に好きか。と問われれば悪くないと思っています。しかし夫婦といわれても正直ぴんとこないのです」

寺子屋で働いたり、大和屋の化粧道具を試したりも含めて、菊菜は楽しい日々を送っている。それだけに「今日から誰かの女房だ」と言われても実感がない。

そもそもそこまで平次が好きなのか。である。

「平次さんも恋の捕物はうまくいかないようですな」

大和屋がおだやかに笑った。

「平次さんはわたくしが好きなのですかね」

「それは間違いないでしょう。そのせいで町内が賛成派、反対派、中立で分かれているのです」

それから大和屋は言葉をつづけた。

「とにかく胸のすくような活躍を平次親分がすることが大切でしょうね」

口ではいろいろ言っているが、大和屋は結婚に賛成らしい。

「わかりました」

菊菜は立ち上がる。

「いずれにしてもこの紅は試させていただきます」

「よろしくお願いします」

菊菜は大和屋を出ると、大きくため息をついた。

町内全員に恋の行方を見つめられてるなんて、と思う。武家としてはあってはならないことなのではないだろうか。

平次はどう思っているのだろう。

それがふと気になったのだった。


つむじ風がするするっと裾を巻き上げた。褌《ふんどし》の中が凍りそうなくらい冷たい。

こういうつむじ風が吹くときは雪が降る。

今日はひと稼ぎしたらさっさと帰ろう。

平次はそう決めると、目の前の坂を眺めた。

神田明神の石坂《いしざか》は、今日も人でごった返していた。参拝客は多い。しかし坂が急すぎて一人では石段を登れない人も多い。

背中を押したり手を引いて無事に神社にたどりつくと四文もらえる。駄賃目当てに坂の下をうろうろしている男たちも多かった。

平次は岡っ引きだ。そして給金は出ない。時間があるときは駄賃を稼いで生活のたしにするのが常であった。

「平次さん」

不意に後ろから声がした。

「おう。からっ八《ぱち》か。どうした」

からっ八は平次になついている子分だ。いつもからっきし金がないから「からっきしの八五郎《はちごろう》」で「からっ八」と呼ばれている。

「じつはあっちで喧嘩《けんか》になってまして。止められないんですよ」

「おいおい。このへんで喧嘩なら誰かしら仲裁に入るだろう」

「それが、相手が二本棒なんですよ」

からっ八が困ったような声を出した。

二本棒。つまり武士である。武士はなにかというと刀を抜くから面倒くさい。いまの世のなかで無礼討ちなどということはまずないが、まったくないわけでもない。

だからどうしても武士には気を使ってしまうのだ。

「どこでやってる」

「まさご餅《もち》の前です」

言われるままに餅屋の前にいくと、あきらかに酒に酔った武士が三人いた。どうやら通りすがりの娘に酌をしろと言っているらしい。

娘は怯《おび》えていて、おつきの女中がかばっている。格好からするとそれなりの大《おお》店《だな》の娘のようだ。

武士のほうはいかにも下級武士という様子である。ろくに金もないだろう。金のない苛立《いらだ》ちを町人にぶつけているというところだ。

「おう。からっ八。徳利《とっくり》に水をつめて持ってこい」

平次は言った。

「水ですか？」

「そうだ。急げ」

「へい」

からっ八が、すぐに水の入った徳利を持ってくる。平次はそれを手に武士たちのところに近づいた。

「お。旦那。いい気分で楽しんでるようですね」

そう言いながら、手に持った徳利の水を飲み干す。いかにも酔ったというふりをして武士に徳利を軽く投げつけた。

見事武士の額に命中する。

「無礼な」

武士のひとりが刀に手をかけた。

「抜きますか？　こんなところで。いいですね。切腹ですよ。切腹」

平次がからかうように言った。武士は窮屈な習慣に縛られている。なにかあるとすぐに切腹だ。

江戸にはさまざまな名物があるが、腹を切った武士の死体も名物のひとつだ。毎日とは言わないが、ころがっていても不思議に思わない程度には日常だ。

それだけに武士は切腹という言葉に弱い。

平次の言葉に、見守っていた野次馬たちがのっかった。

「切腹だ。腹を切れこのやろう」

「べらぼうめ」

まわりに切腹と叫ばれて、武士たちは逃げていった。

「まったくしょうもない。お嬢さん。大丈夫かい」

声をかける。が、娘は青い顔をしてうつむいている。よほど怖かったのだろう。

「気をつけてな」

女中のほうに声をかけると、平次はそのまま背を向けた。

四文にもならなかった。

もちろん金目当てで助けたわけではないが、ここは八文くらいは包むべきではないかと思う。

しかしそれを口に出すのはいかにも男らしくないし格好悪いので、涙を呑んでひきさがることにした。

「今日は景気が悪いぜ」

菊菜の父親に追い返されたのも痛い。おかげで菊菜の気持ちをきちんと聞くこともできなかった。

思い余って告白したのはいいが、町中であっという間に噂になってしまった。こうなってしまっては菊菜がどう思っていようと簡単には頷けないだろう。

なぜ人前で「嫁になってほしい」などと言ったのか。

後悔してもしきれない。

そんなことを思っていると、前から掏摸の銀六《ぎんろく》がやってきた。なかなか凄腕《すごうで》で、神田明神を縄張りにしている。通称「掏摸銀」である。

「おう。銀六じゃねえか」

平次は声をかけた。

銀六はもう五十近い掏摸で、このあたりでは顔役である。

「あ。平次の親分」

銀六は嬉《うれ》しそうな顔になった。

「なにかあったんだな」

掏摸が岡っ引きを見て嬉しそうな顔をするということは、なにかろくでもないことがあったということだ。

「掏摸を捕まえたんでさ。簀《す》巻《ま》きにして川に放り込もうと思ったんですが、どうもこの辺の奴《やつ》じゃなさそうなんで番屋に放り込んであります」

「知らない顔なのか？」

「それもですが、剃刀《かみそり》を使ってやがったんです」

「剃刀か」

剃刀を使うというのは掏摸ではなくて「巾着切《きんちやく》り」である。江戸の掏摸は巾着切りを嫌う。相手を怪我《けが》させるかもしれないし、技も大していらない。つまり「掏摸の風上にもおけない」ということになる。

それに対して上方は巾着切りが多い。だから巾着切りを見かけたら、まず上方の人を疑う気持ちが出る。

上方から盗賊がやってきているかもしれないから、自分たちで解決せずに番屋に放り込んだのだろう。

「わかった。ありがとうよ」

「じゃ。今日は稼ぎ時なんで」

「あまりあこぎなことはするなよ」

「当然ですよ」

そういって銀六は去って行った。

掏摸か。と平次は思う。

大きな事件にならないといいがというのは正直なところだ。平次は岡っ引きだが、事件などないほうがいいに決まっている。

岡っ引きなどいらない町が一番なのである。

現実はなかなかうまくいかないが。それにいまの平次は手柄をたてる必要があった。菊菜と結婚するためにも。

そして平次としてはどんな事件よりも、菊菜の心を手に入れることが難しそうだった。

「いい色の紅ね。わたくしも欲しくなるわ。でも色が若すぎるかしら」

菊菜が帰るなり、母親の桜《さくら》が言った。

「似合うと思うけど口説《くど》かれてしまいますよ」

菊菜が返す。

「そうね。それは心配だわ」

家の中は米の炊《た》けた湯気で満ちていた。菊菜の好きな匂いである。部屋の奥で一之進が手紙を書いている。

「手伝いましょう」

「ありがとう」

二人で手早く夕食の準備をする。

もうじき二月だからとにかく芹《せり》が美味《おい》しい。味噌汁《みそしる》にもいいし、特に和《あ》え物が美味しい。

芹を刻んで酢と醤油《しょうゆ》をかける。それに溶いた辛子と叩いた梅干しを入れる。「芹梅干し」である。

これを温かいご飯にかけるとそれだけで幸せになるほど美味しい。

鍋には大根が煮えていた。大根を水から煮て、塩だけで味をつける。旬の大根はそれだけでいい味が出るから、余計なものは入れないでもいい。

塩だけで味つけした大根はなんともいえない甘味がある。

それと芹の味噌汁が今日の献立であった。

「食べながら話をしましょう」

桜が笑顔で言った。

「なんのお話ですか？」

「もちろん平次さんのです」

おっとりとした声で、笑顔も崩さないまま、母親の顔で桜が言う。

「そうですね」

ここは腹を決めるしかない。

菊菜は全員の前に食事を並べた。長屋の浪人だから、ちゃんとした武家のように父親から食べるということもない。食事はみな一緒である。

「いただきます」

声をかけると、とりあえず芹梅干しに手を伸ばす。これはとにかく炊き立てのご飯にかけないとつまらない。

ざざっとかけて行儀悪く食べるのが美味しいのである。

梅干しの酸味に、辛子の味と芹の苦みが心地よい。それを支えてくれるご飯がとにかく美味しくて、顔がほころんでしまう。

それに大根である。出汁《だし》をはって煮込むのも美味しいし、味噌や醬油とも抜群に合う大根だが、塩と大根だけ、というのも素晴らしく美味しい。

むいた皮は細かく刻んでひと塩してあった。皮はぴりりと辛いから酒のつまみにはとてもいいものだ。

なのでそれは父の一之進のものと決まっていた。

軽く醬油をかけてから酒のつまみにするのである。

「菊菜」

一之進が静かな声で言った。

「あの岡っ引きだが」

「なんでしょう」

「ならぬ」

ぴしりと一之進が言う。

「なぜですか」

思わず言い返した。

「岡っ引きと結婚など話にもならぬ」

まったくだ。と菊菜も思う。菊菜にしても平次のことをそれほど知っているわけではない。「いい人」より少し上くらいだ。

しかし頭ごなしに反対されたり、賛成派と反対派に分かれたり勝手にされると腹が立つ。

「お父様は平次さんのなにをご存じなのですか」

「知る必要はない」

一之進に言われて、菊菜はさすがにかちんときた。

「そこまで言われるなら仕方ありません。わたくし、平次さんと手柄をたててみせます」

思わず言ってしまう。なんだか噂話として注目されて玩具《おもちゃ》になるのは我慢できそうにない。

平次と実際に結婚するかはともかく、二人で手柄をたてられるというところを見せたうえで結婚をやめるならやめればいい。

「なにを言い出すのだ」

一之進がさすがに怒りを顔に出した。

「だってそうでしょう。わたくしが平次さんをどう思っているか聞きもしないで勝手に嫁に行くときめつけましたよね」

「しかしそういう噂ではないか」

「目の前にいる娘本人ではなくて噂を信じるのですか？」

菊菜に詰め寄られて、一之進は黙った。

「実際にはどうなのだ」

「結婚してくれとは言われましたが、逢引きしたこともなければ、手をつないだこともありません」

きっぱり言うと、一之進は安心したような表情になった。

「それならばよいのだ」

「少しもよくありません」

こうなっては菊菜のほうがおさまらない。

「手柄をたてるまでは平次さんの家に住みます」

そういって立ち上がる。

「なにを言い出すのだ」

「どうせ心配するなら、噂ではなくて、本当に心配するといいでしょう」

菊菜が言うと、桜が笑い出した。

「これは仕方ないですわね」

「なにを言うのだ。桜。お前は心配ではないのか」

一之進が目を剝いた。

「なにを心配するのですか。菊菜は手柄をたてると言っているのです。それまではうかつなことはしないでしょう。あなたのは心配ではなくて信じていないというのですよ」

普段は温厚な桜だが、言い出したらまったく後には退《ひ》かない。だから桜に反対されたのならやっかいだが、味方してくれるのなら頼もしい。

「わたくしも腹立たしいのです。本人に訊《たず》ねもせずに勝手に噂ばかりして。とにかく平次という人がなにか手柄をたてないと菊菜の面目もたたないでしょう」

「しかし女だてらに手柄などとは考えなくてもいいのではないか」

これには菊菜が反論する。

「いいえ。お父様。このまま馬鹿にされていては、それこそ武家の面目がたたないでしょう」

面目を連発されて一之進は黙ってしまった。

「だがな、菊菜。どうして一緒に暮らすのだ。必要ないではないか」

「一緒に暮らさないといい人かどうかもわからないでしょう」

「悪い男ならどうするのだ」

「育てます」

言い切ると、改めて菊菜は一之進を見た。

「では行ってきます」

菊菜は立ち上がった。

「もう行くのか？」

「時間だけ過ぎても意味はありません」

そういうと、菊菜はさっさと当面の衣類や道具を風呂敷に包んだ。あとのことはなんとかなるだろう。

そうして両親に頭を下げた。

「では行ってまいります」

時刻は夕方になろうとしていた。まだ冬だけに日が落ちるのが早い。

空気の冷たさで我にかえる。

平次の家に行ってなにをするのか。である。

なんとなく頭に血が上ったのだが、そもそも平次の家に行く理由もない。付き合ってすらいないのである。

噂に一番踊らされているのは菊菜だった。というのもなんだか悔しい。このまま平次の家に行くのもなんだかばつが悪い気持ちだった。

こんなところで立往生もしていられない。と考えていると。

「御用だ!」

という声がした。

神田明神の上の方から男が逃げてくるのが見えた。その後ろから平次が来る。逃げる男のほうは必死の顔をしていた。今日は二回目の捕物というわけだ。

石段を登っている人々があわててよける。

男は風呂敷を抱えていた。どうやらかっぱらいかなにかだろう。この石段を逃げながら降りるのはかなり苦しいのではないだろうか。

思っている間に男がころんだ。

石段を転がり落ちてくる。

最後まで転がり落ちると男は気を失ってしまった。

「なんだ。気を失ったのか」

平次が軽く舌打ちした。その様子は少々格好いいように見えた。

「おう。菊菜さんじゃねえか。どうしたんだ？」

平次が言う。

「平次さんの家にお邪魔しようと思ったのです」

もうこうなったら前に進むしかない。そう思って口にする。

「どうして？」

平次が驚いた表情になる。

「どうして？」

菊菜は思わず冷たい声を出した。

もとはといえば突然平次が結婚を申し込んだから苦労しているのだ。「どうして」というのはいったいどういうことなのだろう。

「あ、すまない」

平次はすぐに自分の失言に気がついたようだった。

「いいえ。気にしないでください」

そういうと菊菜は平次に背中を向けた。いろいろ考えていたのが馬鹿馬鹿しくなる。

「いや。そうじゃない。捕物中だから気が回らなかったんだ」

たしかに捕物中はそうかもしれない。

「俺と一緒に暮らしてください！」

平次が叫んだ。

まわりから喝采《かっさい》が起きる。

「人前で言わないでください」

そう言ってはみたものの、もう手遅れのようだった。「平次の嫁」というのはもう既成事実というところだろう。

しかし、いきなり泊まるわけにもいかない。

とりあえず家に帰ることにした。

翌日。

「すいません」

平次の住んでいる明石長屋の入り口には一軒の八百屋《やおや》があった。四十過ぎに見える店主がのんびりと店番をしている。

「平次さんの家はどこですか？」

そう尋ねると、店主は驚いた顔をしてから、大きく頷いた。

「あんたが菊菜さんかい？　噂よりも別嬪《べっぴん》じゃないか」

「ありがとうございます」

もう町の人全員に知られているのは覚悟すべきだろう。

八百屋の店主はすぐに平次の家まで案内してくれた。中に入ると、部屋は案外さっぱりしている。

と言えば聞こえはいいが、布団以外はほぼなにもない。食器すらなかった。湯のみがあるだけである。

どうやら平次は家の中では食事をしないようだ。

一体どうやって暮らしているのか見当もつかない。

とりあえず酒と簡単なつまみを買ってこようと思う。それから皿くらいはいるだろう。

金沢町の長屋の表には、瀬戸物問屋の玉川屋《たまがわや》がある。当面の食器などはそこで揃《そろ》えることができるだろう。

「すいません」

声をかけると、手代がすぐに出てきた。

「なにをお求めですか？」

「そうね。お皿と茶碗《ちゃわん》くらいかしら」

なにを揃えていいかわからないくらいなにもなかった。

「おひとり用ですか？」

「いえ。夫婦《めおと》茶碗をください。皿も二人用で」

そこまでいうと、手代がぽんと手を打った。

「もしかして菊菜様ですか？」

菊菜は近所とはいえ、家の買物は桜がするからこの店に来たことはない。それでも察することができるのだろう。

「そうです」

「もしかして平次親分の家に住まれるのですか？」

「そうです。でも結婚するわけではないですよ。しばらく住み込むだけです」

菊菜が言うと、手代は少し黙った。

「住み込みですか？」

「はい」

「なんのために？」

「平次さんに手柄をたてさせるためです」

菊菜が言うと、手代は少し考えこんだ。それから口を開く。

「菊菜さんが手柄をたてさせるんですか？」

「はい」

「どうやって？」

「それはこれから考えます」

実際にどうするかは考えていない。なんといっても勢いで出てきたのである。

しかしなんとかなる気はしていた。

「先生」

奥から出てきた娘が驚いたような声を出した。

「あら。そういえばここはあなたの家だったわね」

出てきたのは、寺子屋で菊菜が教えている生徒の一人だった。玉《たま》という。十三の利発な娘だ。

「先生。平次さんと住むんですか?」

「そうよ」

「夫婦ですか?」

「違う」

　菊菜はきっぱりと否定した。

「でも一緒に住むんでしょう?」

　玉が不思議そうに言った。

「わたくしね、平次さんとは逢引きしたこともないのよ。それなのに夫婦になるだのならないだのって噂が一人歩きして悔しいったらないの」

　菊菜が言うと、玉が噴きだした。

「悔しいから一緒に住むんですか。先生らしいですね。それで一緒に住んでどうするんですか?」

「平次さんを襲名にふさわしい男にする」

「育てるんですか?」

「そうよ」

菊菜が言うと、玉は今度はくすくすと笑った。

「先生だからいいますけど、平次さんてけっこうな駄目男ですよ」

どうやら玉は平次のことをよく知っているようだった。

「平次さんのことに詳しいの？」

「裏の長屋のことですからね」

「こんど教えてくれる？」

「もちろんです」

玉は嬉しそうに言った。

少しは平次のことを聞いておいた方がいいだろう。

手代が皿と茶碗を持ってきた。

「届けます」

玉が言う。

「悪いわ」

「いいえ。先生は味噌やらなにやらを買わないとでしょう？　平次さんの家にはなにもなかったんじゃないですか」

「よく知ってるわね」

「平次さんが家でなにか食べてるのを見たことないってみんな言ってますよ」

やれやれ。と菊菜は思う。

これはなかなか前途多難そうだ。

食器を買ったはいいが、米も味噌も醬油もなにもない。とりあえず今日をしのげばなんとかなるだろう。

長屋の隣の家に行くと、戸を開けた。

「ごめんなさい」

「はいよ」

中から女房らしい人がでてきた。

「お願いがあるのですが」

「ああ。あんた平次さんのところに嫁に来た人だね」

「そうです」

菊菜は諦めて答えた。ここまで来たら否定する意味がなにもない。なにはともあれ嫁として過ごすしかないだろう。

「どうしたんだい」

「米も味噌も醬油もなにもないんです。少しの間お借りできないでしょうか」

「ああ。いいよ。あんた名前は？」

「菊菜です」

「あたしは鈴代《すずしろ》っていうんだ。よろしくね」

「いいお名前ですね」

菊菜に言われて、鈴代は笑い出した。

「なに言ってるんだい。響きはいいけど大根てことだからね」

たしかに鈴代は大根の異名である。しかしいい名前ではあるだろう。

「まあ。病気しないって名前だから気に入ってるよ」

そして笑顔のままで菊菜を見た。

「なにがどれくらい欲しいんだい。それに味噌と醬油と米だけじゃ駄目だろう」

「あとは近所で買います」

菊菜ももともと近所住まいだから、店はよく知っている。今日の味噌醬油さえなんとかなれば平気だろう。

とりあえず豆腐と魚があれば、あとは長屋の入り口にあった八百屋でなんとかなるだろう。

鈴代から米と味噌と醬油を借りると部屋に運んで、まず八百屋に足を向けた。

「いただけるかしら」

声をかけると、八百屋の店主は大きく首を縦に振った。

「うちは八百屋だけどよ。けっこういろいろ扱ってるぜ」

長屋の入り口にはたいがい店が出ている。八百屋や乾物屋、荒物屋などが多い。

といっても長屋に必要なものはかなり売っている。

八百屋といいつつ乾物や荒物も扱うことが多かった。

「なにを買うのがいいでしょう」

菊菜は素直に訊いた。あれこれ考えるより売っている人に教えてもらう方が早い。

「今日は蕪《かぶ》だな。いいのが入ってる」

「わかりました。ではそれをください」

「あいよ」

店主が蕪を渡してくれる。

「あんた平次の嫁だろ。俺は笹治《ささじ》。よろしくな」

「菊菜です」

頭を下げる。

「あいつ最近疲れてるからよ。いたわってやってくんな」

「そうなんですか？」

「ああ。なんだかむずかしい事件を追ってるらしいぜ」

「見てわかるものなんですか？」

「そりゃわかるさ。毎日見てるんだからな」

笹治は自信たっぷりに言った。

そういえば、岡っ引きというのはどういう生活をしているのだろう。十手《じって》を持って歩いているのはわかるが、何時に起きて何時に寝ているかも知らない。どんな事件を追っているかもまるでわからなかった。

「どうすればわかるのですか？」

菊菜が言うと、笹治は得意そうに胸を張った。

「あいつはさ、元気なときには飛び跳ねるようにして帰ってくるんだ。でも、むずかしい事件のときには足を引きずるようにして帰ってくるんだよ」

「そんなに疲れるんですか」

「そうさ。それにあいつは陰で走る練習をしてるらしいぜ」

「そんなことを」

走る。と聞いて菊菜は凄いと思った。江戸っ子は「走る」ことと「泳ぐ」ことはできない。速足はともかく走れるのは飛脚だけだ。

だからもし岡っ引きが走ることができるなら相当に強力な武器になる。

「まじめなのねえ」

思わず感心した声が出る。

「あいつはいい男だよ。支えがいはあると思うよ」

それから笹治は思い出したように葱《ねぎ》を出してきた。

「そうそう。岡っ引きはとにかく葱だよ。これがないと駄目だ」

菊菜の家は寺子屋で教えるのが主だから葱はあまり食べない。他人と話すときに匂いが出るのがいやだからだ。

「葱はどうやって食べるのがいいのですか？」

「なんでもいいよ。とにかく生を刻んでな。なんにでもぶっかけるんだ」

「わかりました」

菊菜は料理は得意だから理屈はわかる。とりあえず平次には葱、とおぼえた。

「これ持っていきな。あとは豆腐。それと今日は卵があるよ」

「卵は無理です」

菊菜は思わず首を横に振った。

卵は高い。病気でもしない限りはまず口にいれることはなかった。菊菜の家は浪人の中では裕福なほうだったが、それにしても贅沢品《ぜいたくひん》だ。

「今日はいいって。引っ越してきたご祝儀だ。平次のやつにしっかりと食べさせてやってくれ」

素直に好意に甘えることにして、菊菜は頭を下げた。これがあれば今日のところは十分だろう。

ついでに豆腐と鰹節《かつおぶし》も買った。

家に帰ると、とにもかくにも平次の帰りを待つことにした。食事を作っても、そもそもが食べて帰ってくるかもしれない。蕪の葉だけを落として軽く塩でもんでおく。

まずは火鉢の火を熾《おこ》す。平次の部屋の火鉢は三和土《たたき》をあがってすぐのところに置いてある。

そのうしろにはもう布団が敷いてあった。布団を畳んで居場所を作る。火鉢の火が熾ってくると、そこに水を入れた鉄瓶を置いた。

しばらく待っていると、部屋の外から足音がした。どうやら平次が帰ってきたようだ。

戸が開くと、平次はどうしよう。というような表情になった。

「お帰りなさいませ」

両手をついて迎える。

「お、おう。いま帰ったぜ」

平次が気弱そうな声を出した。

「ご自分の家ですから。どうぞおくつろぎください」

笑顔で言う。

「あ。そうだな」

「お食事はすませてこられましたか？」

「いや。まだだ」

平次は顔を赤くした。

「その。菊菜さんが家にいるって噂を聞いたから。帰ってきた」

「さんはいりません。菊菜でけっこうですよ」

そういうと菊菜は立ち上がった。

「では食事の支度をしますから。少しお待ちください」

平次は大人しく部屋の中に入った。菊菜は台所に立つと、蕪の葉と葱を刻んだ。それから鰹節をかけて、さらに醤油をかける。

平次のところにちろりと一緒に持っていった。

「食事ができるまでこれをどうぞ」

火鉢の灰の中に酒の入ったちろりを突っこんだ。

「おう。すまねえな」

平次に酒とつまみを渡すと台所に戻る。

まずは飯を炊くことにした。

さて。どうしよう。菊菜は考えこんだ。菊菜の家の飯は軟らかい。飯と粥《かゆ》の真ん中くらいの固さである。

平次の好みはどうなのだろう。

家庭の味の基本はまず飯の固さである。人によって好みが違う。お粥にほぼ近い飯が好きな人もいれば、「歯が欠けるんじゃないか」というほど固い飯が好きな人もいる。

岡っ引きともなれば固い飯が好きな気がした。といっても本人がいるから聞くのがいい。

「平次さん。ご飯の固さはどのくらいがいいのですか?」

平次に聞く。

「俺なんて口に入ればなんでもいいですよ」

まったく答えにならない返事が返ってきた。

これは駄目だ。菊菜が料理を作っていることで気持ちがおかしくなっている。

少し固めに飯を炊く。そのかわりに汁気の多いおかずを用意することにした。

今日は初めての平次のための料理だから少し頑張ることにする。

飯を炊きつつ、おかずを作る。

鰹節を削って、普通よりも三倍くらい多く鍋にいれる。今日の主役はこれである。まずはしっかりと出汁をとると、鰹節を引き上げた。煮すぎると苦味が出るからだ。蕪を薄く切ると、出汁の中に放り込む。

蕪に火が通ったところで細かく切った豆腐を入れた。鍋の中の豆腐が、くらりと体を揺らしたときが食べごろである。

茶碗に豆腐と蕪をとると、ざっと醤油をかける。鰹の出汁を少々多目に入れておくのが大切である。

飯もうまく炊きあがった。

おひつにうつす前にまず一杯よそう。

この最初の一杯が一番美味しいと菊菜は思う。最初にあがる湯気で包まれた米をしゃもじでさっくりとかきまぜる。

米の旨味《うまみ》がさあっとかきまぜられていく。

いい香りの飯を飯茶碗によそうと平次のところに持っていく。

「ではこれをどうぞ」

「お、おう」

平次の飯茶碗はかなり大き目で少し小さい丼という感じである。

手渡すと、台所にもどっておひつにご飯を移した。

持っていくと、平次の茶碗の中の飯はもう消えていた。

「あら。ご飯は？」

「食べました」

平次が照れくさそうに言う。食べたのだか飲んだのだかわからないほどの速度である。

「とりあえず続きもあるので。ご飯はご自分でどうぞ」

おひつを置いて台所に戻る。ご飯は三合炊いてあるから平気だろう。

それから鍋の前に戻って葱を刻む。鍋の中の出汁に卵を割り入れた。卵がうまく半熟に固まるまで待つ。

卵が固まったところで深皿にいれて、葱を「わっ」と入れた。

卵が葱に埋もれて見えなくなるまでかける。そして最後に醤油と酢をかけて、七味をたっぷりとかける。

これを飯の上にかけて〆《しめ》にするのがいいと思われた。

「できましたよ」

卵を持っていく。

「ありがとうございます」

平次が丁寧に礼をいう。

「いいから食べてみてください。これをご飯にかけるんです」

「はい」

殊勝に言いながら卵をご飯にかける。そしてあっという間にたいらげてしまった。

ふと見るとおひつのご飯が全部なくなっている。

「全部食べたのですか？」

「美味《うま》かったから」

平次がすまなそうに言った。

「すごい食欲ですね」

菊菜は思わず笑ってしまった。

「美味しかったです」

平次が相変わらずかしこまっている。

「そんなにかしこまらないでください。平次さんの家なんですから。私のことも菊菜とお呼びください」

そう言うと、平次は耳まで赤くなった。

「本当にいいんですか。その。俺なんかと」

「よくないですよ」

菊菜はきっぱりと言った。

「ええっ」

平次が情けなさそうな声を出す。

「今のままでは、たとえ私がいいですと言っても周りが誰も認めません。平次さんが立派な手柄をたてて祝福されないのではどうにもなりませんよ」

「確かにそうだな」

平次は気を取り直したようだった。

「今なにか大きな事件を追っているのでしょう？　どのような事件なのですか」

平次は一瞬話すかどうか迷ったようだったが、次の瞬間には腹を決めた顔をした。

「船を狙った盗賊が現れたんですよ」

「船？」

「そうです。江戸には全国から様々な品物が入ってくるでしょう。その積荷を狙っている連中がいるんですよ」

「なんだか簡単に捕まってしまいそうな話ですね」

「それがそうともいかないんですよ」

平次が困った顔をした。

どうやらなにか秘密があるらしい。しかしそんな秘密の前に、菊菜には解決しなければいけない問題があった。

「敬語はやめてください。それと菊菜さん、も駄目です。菊菜と呼んでください」

「しかし」

「しかし、もなしです。今日からここに住むのですから、そんなにかしこまった態度はやめてください。もっとぞんざいに扱ってください」

「住む？」

「はい」

「ここに？」

「はい」

「なんで？」

平次が不思議そうな表情になる。

「わたくしに突然路上で求婚された方がいるのです。おかげで噂になってまともに外を歩けないのですよ。だからきちんと手柄をたてて正式に嫁ぐか、駄目男と見切りをつけて出ていくかしかないのです。わたくしは実質傷ものなんですよ」

そう言うと、平次は妙に嬉しそうな様子になった。

「なにを嬉しそうにしてるんですか」

そういうと菊菜は平次の頬を思いきりつねった。

一応菊菜としては平次のことは真面目に考えている。なんといっても人生がかかっているのだ。

武家から町人に嫁ぐというのはそう簡単ではない。嫁いで失敗したから武士の娘に戻るというわけにもいかない。

だからまさに一生の選択なのである。

「痛い。痛いって」

「なんとしても手柄をたて、あれが銭形平次なんだと世の中に名をしらしめてください」

菊菜に言われて、平次は頷いた。

「わかってるよ」

「それならぞんざいに、おう、菊菜。と」

菊菜に言われて、平次はしぶしぶという感じで口を開いた。

「おう、菊菜」

「もっと自信たっぷりに」

何度か繰り返して、やっと平次も緊張がほぐれてきたようだった。これならなんとか大丈夫だろう。

「それでどのような秘密があるのですか」

「盗まれた連中はみんな御禁制の品を扱ってるんだ」

なるほど。それなら盗まれても泣き寝入りしかない。幕府に届けてしまえば自分たちまでお縄になってしまうからだ。

「どうしてそのような盗賊がいることがわかったのですか」

「別の件で偶然捕まった奴がいるのさ。だから内密に調べたい」

「盗まれた商人を助けてあげるということですか」

「そうだな。でも善意じゃねえよ。後で同心の旦那がゆするためさ」

同心は安月給である。そのために生活費は賄賂《わいろ》で賄《まかな》う。弱みを握っている商人がいるのであればそれに越したことはないというわけだ。

「平次さんもゆすりをするのですか」

「俺はやらないよ。だからいつも貧乏なんだ」

「やらないでくださいね」

岡っ引きが嫌われる理由は主にゆすりたかりである。菊菜としても自分の夫となった人がゆすりたかりを働くのは納得がいかなかった。

幸い平次にはそのような噂はない。

「いずれにしても、抜け荷を扱っている商人を探さないといけない」

しかしそれは簡単ではないだろう。抜け荷は儲《もう》かるかわりにみつかったら死罪である。それだけに絶対にわからないようにやっているのだ。

長崎ならともかく江戸で抜け荷は難しい。何重もの監視をくぐり抜けて江戸に達するのがまず難しいからだ。

「どうやったらわかるのでしょう。それに、抜け荷をやっているのがわかっても無事にすむものなのでしょうか。協力したあげく死罪では可哀《かわい》そうです」

「そうだな。どうしたものかな」

平次も考えこんだ。

「だがよ。考え方によってはさ。これをきっかけに抜け荷から足を洗えるなら一石二鳥じゃねえか」

たしかにそれはそうだ。

「なに、表向きは善良な店を助けたことにすればいい。ただ問題はどうやって抜け荷を見つけるかだな」

「どんな商品を扱うんでしょうね」

「大奥に納めるものが多いって噂は聞くな」

たしかに大奥の中に入ってしまえばもう調べることはできない。だとすると、化粧品か装飾品を扱っている商人だろう。

「待ってください。偶然捕まった盗賊はどこから盗んだのかは言ったのですか」

「ああ」

平次はうなずいた。

「その商人はどうなったのですか？」

「お咎《とが》めなしだよ」

「なぜですか？」

「じつはな。大奥の中の『およしの方』の親戚でな。およしの方のたっての頼みでおこなったということでお目こぼしになったのだ」

将軍家斉《いえなり》の側室の頼みでは商人も断りようがない。そのせいで助かったらしい。

「だとするとその商人はもう一度狙われるかもしれないですよ」

菊菜はふと口にした。

盗賊の立場からすれば、押し込んだとしても訴えられない相手がいるなら盗みやすいだろう。お咎めがなかったと言っても、なにかあったら痛いところを探られることになる。

「確かにそうだな。しかしこいつはなかなか難しいな」

平次が渋い顔をした。

「なにがですか」

「同心にしても岡っ引きにしても、起こった事件を調べるためにいるんだ。なにも事件が起こっていないのに動くっていうのはなかなか難しいんだよ」

確かにそうだ。同心にしても暇ではない。起こっていない事件に力をさくことはできないだろう。

「それに盗賊が十人もいたら俺ひとりじゃどうにもならねえな」

「事件を解決するって難しいんですね」

菊菜はため息をついた。

「ああ。岡っ引きなんて言っても、一人じゃなにもできねえよ。そうは言っても、盗賊に狙われそうな人がいるのに放っておくのも問題だな」

「その盗賊は人を殺すのですか？」

「いや。人殺しはしねえな」

「それなら、わたくしがしばらくその店に参りましょう」

菊菜が言った。

「もし引き込みがいるならわかるかもしれません」

「たしかにそうだな」

平次が腕を組んだ。

盗賊といってもいろいろある。やっかいなのは押し込んだ先で皆殺しにしてしまう盗賊である。これだと余計な仕込みはいらないからすぐにできる。

ただし、捕まったときがひどい。市中引き回しになってしまう。これは本人もだが、家族も親戚もただではすまない。

住んでいる場所を追い出されるのはもちろん、もうまともな人生を送ることはできないといってもいいだろう。

しかし金を盗んだだけなら、少々肩身が狭くてもそれ以上のことはない。だから、人を殺す盗賊というのはそうそうはいないのである。

しかしそうなると、店の中に盗みに入るのは大変だ。誰かに気がつかれたらその段階で逃げるか、相手を傷つけるかを選ばなければいけない。

安全に盗みを働くために必要なのは「引き込み」と言われる仕事である。盗みを働く一年ほど前から住み込みで働いて情報を得るのである。

だからその店にもきっといるだろう。

「よく考えると盗賊って真面目ですよね。盗みを働くために住み込みなんて」

住み込みのときに態度が悪いと暇を出されてしまう。だから引き込みは誰も真面目に働くらしい。

そうまですれば店の人とのつながりもできるだろう。わざわざ裏切って店を去るというのはどのような気持ちなのかと思う。

もしかしたら盗みを働く前に改心するかもしれないとも思った。

「しかしよ。住み込むのはいいけど寺子屋はどうするんだ」

平次に言われてはっとなる。頭に血が上っていたらしい。いま教えている生徒たちを放り出して住み込みに行くのはなかなか難しい。

「困りましたね」

「まあ。とにかくさ。なにか食べて寝なよ」

「食べるものはもうありません」

そう言うと平次は困ったような表情をした。

「そうだ。夜鷹蕎麦《よたかそば》に行かねえか」

夜鷹蕎麦は、その名の通り夜に商う屋台の蕎麦である。元々は鷹匠《たかじょう》相手の蕎麦屋だったらしい。鷹匠は朝がすごく早いので、深夜に食事をとる。

そのために蕎麦屋ができたという。深夜はほとんどの人が寝静まっているが、誰も活動しないというわけではない。

そのためになんだかんだで深夜の蕎麦屋も繁盛するというわけだ。

まだ深夜というわけではないが、夜鷹蕎麦はもう開いているのだろう。

「食べたことはありません」

「じゃあ行ってみねえか」

菊菜は武家の女だから、深夜に女ひとりで蕎麦という経験はない。

平次と行くのは楽しいかもしれないが、今日のところは寝ることにした。

「今日は寝ます」

「そうか。て、どこで寝るんだ？　布団はひとつしかないぞ」

「その布団で寝ます。母とも同じ布団で寝ることもありますから平気です」

言ってみてから、少々軽率だったかもしれないと思う。そもそも父親とだって同じ布団はありえないのだ。

そう思ったらにわかに緊張してきた。

「わたくしは平気です。どうということはありません」

「おい。なんか棒読みだぜ」

「そんなことはありません」

そういえば夫婦の営みとはどのようなものなのだろう。菊菜には「同じ布団に入る」以上の知識はない。

だから簡単に言えたのだがよく考えると大変なことをしている気がしてきた。

「眠るだけですからね。不埒なことはしませんからね」

「わかってる」

「そもそもですね。嫁に来たわけでもないのです。平次さんが手柄をたてる手伝いに来ただけなんですよ」

「それもわかってる」

「だからそういうことです」

そう言うと寝巻を出した。

「俺は脇に寝るからよ」

平次が気おくれしたように言った。

「風邪を引くかもしれないでしょう。今日は寒いんですから」

それから平次を睨《にら》んだ。

「着替えるからあちらを向いてください」

平次が顔を赤くした。

「赤くならないでください。恥ずかしいから」

「無茶言うなよ」

平次がぼやいた。

しかし恥ずかしいのは菊菜のほうだ。なるべくなにも考えないようにして着替えをする。それにしても盗賊はどうやって積荷の情報を手に入れたのだろう。

店だってそんなに簡単に情報は出さないだろう。

盗みとは別に、情報を手に入れる係がいるのではないだろうか。あるいは盗賊に情報を売っている人がいるのかもしれない。

盗賊にとっては情報の価値は高い。どこかに情報屋がいたとしても不思議ではなかった。だとするとその人を捕まえれば盗賊を一網打尽にできるかもしれない。

「着替えましたよ」

そう言ってから布団に入る。

「本当にいいのか」

「眠るだけですから」

きっぱりと言い切る。が、自分でも顔が赤くなるのがわかった。

なにもかも平次が悪い。道端で求婚などするからだ。

そう思いながら体を固くする。

平次が布団に入ってきたとき。なにを感じるまでもなく眠りに落ちた。多分世間でいうところの。

気絶であった。

弐

「なっとなっとううううううう」

納豆売りの声がした。

菊菜にもなじみの納豆屋だ。納豆売りにも縄張りはあって、神田明神のあたりにも四人の納豆売りがいる。

菊菜がいつも納豆を買っている稲蔵《いなぞう》だった。

「稲蔵さん」

声をかけると、稲蔵が目を剝いた。

「菊菜さん。こんなところにいるって事は本当に平次の奴の嫁になったんですね」

「まだなっていないわ。泊まっただけよ」

「まだってことはそのうちなるってことですね。平次が羨ましいですよ」

言いながら納豆の準備をする。

「それで納豆ですかい。それとも納豆汁ですかい」

納豆屋は納豆も売るが、それ以上に納豆汁が人気である。叩いた納豆と刻んだ葱、細かく砕いた鰹節の粉末と味噌が合わさったものだ。

お湯をはった鍋に入れるとそのまま納豆汁になる。かみさん連中にはこれが好評なのである。

後は沢庵《たくあん》でも刻んで梅干しを添えれば立派な朝食だ。

「納豆にしておくわ。辛子を多目に添えてね」

「あいよ」

稲蔵は納豆のほうも少し多く入れてくれた。

「まあ。平次さんも大変そうだからね。いい女房が来たほうがいい」

「なにが大変なんですか？」

菊菜が聞くと、稲蔵は驚いた顔をした。

「なんだい。知らないのかい。有名だよ。難しい事件を追っているって」

「どんな事件なんですか？」

「それは知らないな」

平次が大きな事件を追っているという噂があっても、中身は知らないらしい。

噂というのは得てしてそういうものだ。

それにしても何処《どこ》から出た噂なのだろう。平次が疲れているというだけではそういう噂にはならない。

納豆を買って戻ると、入り口の八百屋に声をかけた。

「おはようございます」

「おはよう。今日は大根がいいよ」

「ではそれをください」

大根を買うと家に戻った。平次はもう起きている。目が赤いところを見るとやや寝不足といった様子だ。

「昨夜あまりお休みになられなかったのですか？」

「ああ」

平次がぶっきらぼうに言った。

「なにか気に障ることでもありましたか？」

「それはないんだが、菊菜が同じ布団に入るとうまく眠れないんだ」

「それは申し訳ありませんでした。布団をもう一つ調達しましょう」

どうやら平次は誰かと同じ布団で眠るのが苦手らしい。少々気が利かなかったと反省する。

「いま朝ごはんを作りますね」

「ありがとう」

昨日の失敗を踏まえて飯は四合炊く。

朝食は簡単だ。納豆とたっぷりの葱。刻んだ大根を入れた味噌汁。そして拍子《ひょうし》木《ぎ》に切った大根に鰹節をたっぷりとかけたものだ。こちらも葱をたっぷりと添える。

「お。嬉しいくらいに葱がかかってるね」

「岡っ引きには葱が大切だと伺いました」

「一日歩き回ってる仕事だからな。葱で力をつけないといけないんだ」

平次が飯を飲み込むような勢いで食べ始めた。あっという間に飯がなくなっていく。それを見ながら菊菜は気になっていたことを尋ねた。

「平次さんが大きな事件を追ってるという噂を聞きました」

「そうかい」

「でもどんな事件を追ってるかは誰も知らないみたいなんです」

「そうだろうな」

平次が平然と言った。

「驚かないのですか」

「噂を流したのは俺だからな」

にやりと笑う。

「どうしてですか？」

「そりゃそのほうがなにかといいからさ。岡っ引きが大きな事件を追ってるとあっちゃあ、やましいことのある奴らはもしかしたら自分たちのことかなって思うじゃねえか」

たしかにそうだ。それなら相手には脅威だろう。

「でもそれなら同心の方の名前でもよくはないですか？」

菊菜が言うと、平次は首を横に振った。

「同心じゃ駄目だ。盗賊が怖がらねえ」

「そうなのですか？」

菊菜の感覚からいくと、同心のほうが岡っ引きよりも怖い気がする。なんといっても奉行所の人なのだ。

「菊菜は真面目に生きてるから同心なんて縁がないだろう」

「はい」

「同心ていうのは、もちろん捕物はするんだけどよ。普段は歩いてるだけさ。犯人だって捕まって番屋に転がされてるのを引き取ることがほとんどだしな」

「でも凶悪な犯人もいるでしょう」

「それは火盗改《かとうあらた》めがいるからな。町奉行の同心が相手にするのは小悪党がほとんどだよ。そしてそれは岡っ引きが捕まえることが多いのさ」

同心はあくまで管理者であって、実際に働いてるのは岡っ引きということだ。

「その割に岡っ引きの評判はよくないですよね」

「そりゃそうさ。岡っ引きっていうのはそんなにたちの悪くない悪党だからな。奉行所が見逃してもいいと思ってる程度の悪党に、他の悪党を捕まえさせてるだけだよ」

それから改めて居住まいをただした。

「俺だって賭場に出入りするし、矢場も行く。世間から見るとごろつきだって言われても文句は言えないんだ。でもよ、そうしないと世間の人を守れねえんだ」

確かに犯罪者を捕まえるためには、犯罪者に近いことを考えて、同じような行動をするのが大切なのかもしれない。

つまり犯罪者に嫁ぐのと大して変わらないということだ。菊菜の両親からするととんでもない話ではある。

喧嘩して飛び出たことで、父親はさぞかし心を痛めているに違いない。

ここは一度実家に帰って、改めて考えた方がよさそうだった。ただし、来る前よりも平次に対しての気持ちは好きなほうに揺れていた。

「わかりました」

菊菜はきっぱりと言った。

「平次さんに嫁いでもいいと思います。と言っても今のままでは確かに祝福されるのは難しいでしょう。今回の事件を見事に解決して、男をあげてください。そうしたら堂々と祝言を挙げることができるでしょう」

「おう。そうだな」

平次も頷いた。

「一度実家に帰ります。朝食と夕食は作りに参ります」

そう言うと菊菜は立ち上がった。

通いの方が平次も気楽に違いない。同じ布団で寝ると気苦労があるのだろう。

長屋を出ると、自分の家へと戻る。

「おはよう。菊菜ちゃん」

荒物屋の三太《さんた》が声をかけてきた。

「おはようございます」

返事を返す。

菊菜の住んでいる長屋の入り口は荒物屋だ。日用品はたいてい安く売っている。

荒物屋は小間物屋の一段下の店である。安くて少し質が悪い。

日用品は質が悪くても問題ないから重宝するのである。

「嫁に行ったんじゃないのかい？」

「一度戻ります」

「もう行かなくていいよ」

三太が嬉しそうに言った。三太はもう六十近い。菊菜のことは孫娘のように思っている。どうも平次のことは嫌いらしい。

「平次さんはいい人ですよ」

「いい岡っ引きなんていねえよ」

どうあっても信じないつもりらしい。菊菜の幸せを祈ってのことだからあまり角を立てるのも申し訳ない。

父の一之進はそろそろ家を出るころだ。寺子屋は辰《たつ》の刻から始まる。先生はそれよりも半刻《はんとき》前には寺子屋にいるから、いまはぎりぎりというあたりだろう。

「ただいま戻りました」

家に戻って挨拶をすると、一之進はまさに出掛ける支度を終えたところだった。

「おかえり」

一之進は表情を変えずに菊菜のほうを見た。

「しばらくこちらで過ごします」

菊菜が言うと、一之進がすっと刀に手をのばした。

「斬った方がよいか？」

冷静なのは顔だけらしい。

「落ち着いてください。お父様。泊まったといってもなにもありません」

「不埒なことをしたのではないか？」

一之進の言い方に少々かちんとくる。いくら娘が心配といってもそれは疑いすぎというものではないだろうか。

「いい加減にしてください。祝言もあげていないのにふしだらなことをすると本気で思っておられるのですか」

菊菜の剣幕に、一之進は怯《ひる》んだ。言い過ぎたと思ったのだろう。

「確かに言い過ぎた。ではなにもなかったのだな」

「もちろんです」

「それでどういう理由で戻ってきたのだ」

「祝言もあげていないのに一緒に暮らすのもどうかと思ったのです。食事を作りには通いますが、夜は戻ってきてこちらで寝ます。それに仕事の準備をするのもこちらの方がやりやすいですからね」

平次の面倒を見るために暮らしているわけではない。自分の仕事があるのだ。

「そういうわけで当分こちらにおります」

「うむ」

一之進は安心したような表情になると出かけて行った。

「それで、平次さんとはどうなんです。うまくやれそうですか」

「平気だと思います。まずはきちんと手柄をたてていただかないといけません」

「あなたに手伝えることはあるのですか」

母の桜の方は一之進と違っていたって冷静である。平次との関係に反対もしなければ賛成でもない。好きにしろという態度である。

「なにもできないかもしれないし、なにかできるかもしれません」

「そういう言い方をするということは、平次さんがどんな事件を追っているか知ったということですね」

「はい」

菊菜が答える。

「そうですか。ならばなにも言うことはありません。したいようにするといいでしょう」

「ありがとうございます」

とはいっても、どうすればいいのか菊菜にもわからない。事件のことをあまり話題にしても申し訳がない。

ここはひとつ、世慣れた相手に相談をしようと思い立った。

「出かけてきます」

「どちらまで行くのですか」

「麦湯を一杯飲んでまいります」

桜はああ、という表情になった。

「行ってらっしゃい」

菊菜が向かったのは、神田明神の坂を下ったところにある麦湯の店であった。麦湯の店は屋台が多いが、きちんと店を構えているところもある。そういう店は麦湯といいながらも酒も出すし、食事も出す。

そうした中に、大麦屋《おおむぎや》という店があった。この店の名物はお茶けというもので、焼酎を温かい麦湯で割って出す。

体が二倍温まるというので評判になっていた。

麦湯の店は大抵が美人を看板にしていて、看板娘の器量が店の明暗を分けるほどだ。大麦屋の看板は綾乃《あやの》という娘である。

すっきりとした美人で、かといって気取ったところもない。客あしらいのうまさも評判で大麦屋は繁盛していた。

菊菜は綾乃とは仲がよく、麦湯を飲みに通っていた。

「こんにちは」

「おめでとう」

菊菜を見るなり、綾乃は笑顔を見せた。

「おめでとうってなに」

「平次さんと暮らし始めたんでしょう」

「もうそんな噂になってるの。違います。食事を作りに通うけどまだ一緒に住んだりはしませんよ」

「まだ。ね」

綾乃はくすりと笑うと、菊菜を奥に通した。

「なんにしてもゆっくりしていってね」

「聞きたいことがあるのです」

「長い？」

「わりと」

「では少し待って。代わりを呼ぶから」

綾乃はそう言うと、店にいる小僧になにかを言付けた。小僧はどこかに出かけて行くと、しばらくして一人の娘を連れてきた。

綾乃はその娘と一言二言交わすと菊菜の所にやってきた。

「これでいいわ。代わってもらったから」

「ありがとうございます」

菊菜は頭を下げた。

「そう堅苦しくしなくていいわよ。友達だと思ってるんだけどね」

「ですが友といっても礼儀というものはあるでしょう」

「固いね。まあそこがいいんだけど。それで一体どんな話をしたいんだい」

「盗賊を捕まえたいのです」

「へえ」

綾乃は面白い玩具を見つけたような表情になった。

「それでどうして私の所に相談に来たの？」

「どうやって手がかりをつかんでいいかわからないから来たのです。綾乃さんならいい知恵を持っているのではと思いました」

「知恵なんてないけどさ。できることはあるね。でもただでは嫌だな」

「お金でしたら出来る範囲でご用立てします」

「こんなことでお金なんて取らないわよ。そんなことではないの」

「どのようなことですか？」

「あーちゃんて呼んで」

綾乃が真面目な表情で言った。

「あーちゃん？」

意外な申し出である。呼び名が報酬ということだろうか。

「なんかさ。いつまでたっても綾乃さんでさ。水くさくて仕方ないんだよ。だからあーちゃんて呼んで欲しい」

そのくらいのことでいいのなら、たやすいことだ。

「本当にそのようなことでよろしいのですか?」

「もちろん。だから呼んでみて」

「わかりました」

そう言うと、菊菜は口を開いた。

「あ」

そういいかけた言葉が止まる。

「どうしたんだい。早く言っておくれよ」

「はい」

答えたものの、うまく言葉がでない。相手を「ちゃんづけ」で呼ぶのはものすごく抵抗があった。

武家では基本的に相手を呼ぶのは「様」である。しかし町人と接することが多い浪人は言葉を崩して「さん」と呼んでいる。

しかしそこまでである。ちゃんなどというのは相手に対して無礼きわまりないと言われて育っていた。

だから親しいという理由で「ちゃん」と呼ぶのはなかなかに難しい。

「顔が赤くなってるよ」

綾乃がからかうように言った。

「平気です」

笑顔を作る。が、ちゃんという言葉を出すのがこんなに恥ずかしいとは思いもしなかった。

「あーちゃん」

「いいね」

綾乃がくすくすと笑う。

「ちゃんと家で練習しておいてね」

「わかりました」

これはなかなか練習がいるだろう。と思う。

「いい知恵はあるのですか？」

「ああ。あるよ。そのかわりちょっと付き合ってもらう必要があるけどね」

「どこにですか？」

「盗賊集会さ」

綾乃はごく当たり前のように言ったのだった。

「それはなんですか？」

「米屋だってなんだって仲間があるだろう。それと同じで盗賊だって仲間があるんだよ」

「でも。そんなことをして危なくないんですか？　捕まってしまうのではないですか」

菊菜は思わず疑問を口に出した。

「誰に捕まるんだい？」

「奉行所の人に」

「集まってお酒飲んでるだけじゃ捕まらないよ」

綾乃はころころと笑い声をたてた。

そうやって笑う姿は本当に愛くるしくて、思わず見とれてしまう。とても「盗賊集会」などと口に出すようには見えない。

「それは平次さんに話してもいいのかしら」

「余計なことをしなければいいよ。平次さんもあるってことは知ってるだろう。

どこであるかは知らないだろうけど」

たしかに岡っ引きの平次なら存在は知っていてもおかしくない。

「奉行所の人に踏み込まれそうなものですけどね」

「踏み込むとしたら火盗改めさ。町奉行所の同心は踏み込んできたりはしないよ」

「どうしてはっきりと言い切れるんですか」

「菊菜さんは、て、私も菊菜って呼んでいいかい」

「どうぞ」

「菊菜はさ。同心が一体どんな事件を取り締まってるか知ってるのかい」

「盗賊や人殺しではないのですか」

「そういうのはだいたい火盗改めがやるんだよ」

「では町奉行所はなにをなさっているのですか」

「ほとんどが贅沢品の取り締まりだね。下着が絹だとか、そんな事ばっかりやってるんだよ。事件なんてどうでもいいんじゃないかな」

どうやら菊菜が思っているよりも同心というのはずっと仕事をしないものらしい。

「岡っ引きも贅沢品を取り締まるのですか？」

「いや。岡っ引きは事件だね。贅沢品なんか取り締まっても仕方ないから。だから事件を解決したいなら岡っ引きを頼るしかないんだよ」

「でもそれならもう少し人気があってもいいではないですか。岡っ引きの話をするときに盗賊のように言いますよ、みなさん」

「盗賊と変わらないからね。まあ、平次さんは違うけど。とにかくさ菊菜、平次さん以外の岡っ引きには気を許しちゃだめだよ」

きついことを言ってはいるが、綾乃の口調は春のそよ風のようにふわふわしている。少し離れたところなら団子の話題でもしているように見えるだろう。なんとも不思議なおっとりした風情なのである。

「わかりました」

菊菜が言うと、綾乃は胸を叩いた。

「盗賊退治はわたしにまかせておきな」

翌日。菊菜は朝からばたばたと準備をしていた。今日は寺子屋で読み書きを教える日である。菊菜の教えている寺子屋は女子しかいない。男子と女子を混ぜるとろくなことが起こらないという方針からである。

教える菊菜の方も男子がいないと気楽である。

普段よりも早めに準備を終えると平次の住んでいる長屋に足を向けた。

朝食の材料はほとんど持っている。野菜だけは平次の長屋の入り口で営んでいる八百屋で買うことに決めていた。それが義理というものだ。

「いらっしゃい」

店主の笹治が愛想よく迎えてくれた。

「昨日は蕪だったから今日は別のものがいいわ」

「今日はなんと言っても三河島菜《みかわしまな》だね。いいのが入ってるよ」

「嬉しいです」

江戸で一番人気のある葉物といえばまずは三河島菜だろう。最近は小松菜も頑張っているが、三河島菜より少し苦味があるので、やや不人気である。

煮物にしてもおひたしにしても美味しいので、それこそ毎日でも食卓にあげたい野菜である。

今日は魚屋から鰯《いわし》を買ってあるから、主菜は十分である。普段は朝でも鰯は買わない。鰯売は行商なのだが、とにかく歩く速度が速い。掛け声を聞いてから外に出たのでは振り切られてしまって買うことができないのである。

だから鰯を買う時はあらかじめ待ち伏せをしないとうまくいかなかった。売りたいんだか売りたくないんだかわからないのが鰯の行商なのだ。

平次の家に入ると、もう起きていて、きちんと布団がたたんであった。

「きちんとしているんですね」

「まあ。なんだ。菊菜が来るからな」

平次がかしこまって答える。どうやら眠りこけている姿を見られたくないらしい。なんだか可愛《かわい》らしい。

そんなことを思いながら食事の準備をする。

「盗賊集会ってご存じですか?」

ご飯を丼によそいながら平次に聞いてみた。

「名前はな。行ったことはないけどな」

どうやらあることは知っていたらしい。そんなにおおっぴらに集会を開いても捕まる気配がないというのであれば、盗賊にとってはかなりやりやすい状態なのだろう。

「今度顔を出して参ります」

菊菜がそう言うと、平次がむせた。

「なんだって？」

「縁があってお茶くみの手伝いをすることになったのです」

「そいつはすごいな。危なくないのか？」

「おそらく危険はないでしょう。友達の紹介なのです」

「もし顔を出せるなら確かにすごいことだ」

平次の表情を見るかぎりでは、そんなに危険でもないらしい。たしかにお茶くみに行くたびに襲われていたら誰も協力しなくなるだろう。

「盗賊は案外危なくないのですか？」

それでも気になって聞いてみた。

「そうだな。関係ない人をむやみに襲うことはないさ。そもそも人を傷つけるのが嫌いな連中も多い。だからまあ、安全だろうよ。でもな。密偵には気をつけな。それが一番怖いからな」

「密偵ですか？」

「引退した盗賊が、火盗改めの手先として盗賊の動向をさぐるのさ。これに目をつけられたら仲間としてひっくくられるかもしれないからな」

それは少し怖い。しかし、綾乃が本当に危ないところに誘うとは思えない。ここは信じておこうと思った。

「今日は寺子屋かい？」

「はい」

「そうか。その。今度休みのときに飯でも食べに行かないか」

平次が少し顔を赤くした。

「あ。はい」

そう言われて菊菜も思わず赤くなった。これは逢引きの誘いなのだろうか。そういえば逢引きはしたことがない。

改めて誘われると恥ずかしい。

「いやか？」

「いえ。お受けいたします」

言ってから、少し大げさな言い方だったかもしれないと思う。かといって軽い言い方も思いつかない。

平次はざざっと飯をかきこむと立ち上がった。

「じゃあ俺は行ってくる」

「いってらっしゃいませ」

送り出してからさっと食器を洗う。自分の食事は先にすませているから、洗いものをしたら寺子屋に行くだけだ。

長屋を出ると寺子屋に向かう。寺子屋にもいろいろあるが、菊菜が教えているのは同心の屋敷の一部を使ったものだ。

同心は給金は安いが屋敷は広い。百坪の土地があるので、たいてい庭に建物を建てて貸し出していた。

だから同心の奥方と接する機会はそれなりにあるのだが、綾乃の言う同心とは印象が違っていた。

同心の屋敷の門をくぐると、奥方の美佐《みさ》が迎えてくれた。四十を少し過ぎた落ち着きのある奥方である。

「おはようございます」

挨拶すると、美佐は菊菜を奥のほうに誘った。

「なんでしょうか?」

美佐は菊菜を自分の住んでいる母屋のほうに連れて行った。

「平次さんとのこと本当なの?」

美佐が困ったような顔をした。

「はい。本当とも言えませんが嘘でもないです」

「それは困ったわね」

美佐がため息をついた。

「どうしたのですか」

「家《うち》の人は岡っ引きのこと嫌いなのよ」

美佐がはっきりと言う。同心の中には岡っ引きの嫌いな人もいる。結局のところ岡っ引きはやくざだから、同心としては付き合ってはいけないという理屈だ。

奉行所も岡っ引きを奨励はしていない。できれば使うなという方針ではある。実際には岡っ引きを使わないと事件が解決しないから目をつぶっているに過ぎない。

だから岡っ引きの女房になるような人とは関われないということだろう。そこは諦めるしかなさそうだった。

「長らくお世話になりました」

「平次さんを諦めるわけにはいかないの？　わたくしとしては菊菜さんを失うようなことにはなって欲しくないのだけれど」

「ありがとうございます。でも、平次さんに落ち度があったならともかく、岡っ引きというだけでは別れる理由にはなりません」

「そうね。ごめんなさい。うちの人をなんとか説得してみるから。少しの間休んでいただけないかしら」

「わかりました」

菊菜は頭を下げると門から出た。

いきなりくびである。岡っ引きというのはいったいどのくらい嫌われているのかと不思議に思う。

しかしこうなったら意地でも手柄をたてるしかない。

どうしてこんなことになったんだと思いつつ歩く。

「あら。先生。どうされたのですか？」

歩いていると前から来た女子に声をかけられた。生徒のひとりの彩香《さやか》であった。

日本橋の呉服屋の娘で、十四である。

利発な娘で菊菜とも仲がよかった。

「くびになってしまったの」

正直に言う。

「くびですか。やはりあれが原因ですか？」

「そう。旦那さんが岡っ引きが嫌いなんだって」

「まあ。それはわかりますけどね」

彩香は眉をひそめた。

「彩香さんも岡っ引きは嫌いなの？」

「商人の娘で岡っ引きが好きな人がいたら見てみたいですね。平次さんは珍しく悪いことしてませんが、この辺りで悪事を働いていない岡っ引きなんて平次さんだけですよ」

「そうだったの」

「先生は岡っ引きをちゃんと見たことはないのではないですか」

「そうね。全然縁がないわ」

そう言ってから、菊菜は苦笑した。

「たかられるほどお金もないし。悪いことをするほど度胸もないのよ」

「先生は真面目ですからね。それにしてもくびはひどいですね」

「旦那さんを説得するまでの間ということだったけれど、難しいでしょうね」

「相手は同心ですからね。他人の言うことに耳を傾けるかどうか。与力や同心というのは意見を押し付けることはあっても、他人の意見を聞くことはないですからね」

　どうやら彩香は与力のことも好きではないらしい。裕福な商人の娘に生まれるといろいろ気分の悪い思いをするのだろう。

「先生が来ないのなら私もやめてしまおうかしら」

　彩香は悪戯《いたずら》っぽく笑った。

「先生。寺子屋ではなくて家に来て私のことを教えていただけませんか？」

「なぜ？」

「みんなでわいわいやるのもいいけど、それだと物足りないのです。先生と一対一で教えてもらった方がずっと速く進むと思うんですよ」

「それはそうだけど」

　彩香は頭がいいから他の生徒とは種類が違う。他の生徒に合わせるのは彩香にとってはつまらないのだろう。

　そんなことを勝手に決めるわけにはいかない、といいかけたが、くびになったのであればもう関係ないとも言えた。

「とりあえず今日のところは平次さんの話をしていただけないですか」

「どちらが目的なの？」

「だって知りたいじゃないですか」

「寺子屋を勝手に休むと叱られますよ」

「先生と話していたって言えば平気です。うちの親は先生のことが大好きですからね」

菊菜は彩香の家の細々《こまごま》とした品書きなどを書いている。菊菜の書く文字が好きということで贔屓《ひいき》にされていた。

「それに、先生に折り入って相談したいこともあるんです」

「それはなに」

彩香は少々緊張した面持ちになって口を開いた。

「私、今度かどわかされることになっているんです」

夕方になって、家路を急ぐ人がぐっと増えてくる。今は冬だから店じまいも早い。日暮れの小半刻《こはんとき》（約三十分）前が暮六つ（午後六時）だから、冬は夜の方がずっと長い。

夏ならまだ太陽が照っている時間に冬はもう家に帰ってしまう。

酒を飲ませる店は夜になっても粘るが、それ以外はさっさと家に帰る。家で夕食を食べない人々は蕎麦屋に列を作るのが町中の光景だった。

なんといっても寒いから蕎麦に酒が一番である。熱燗《あつかん》も人気だが焼酎をお湯で割ったものも人気があった。

特にお湯で割った焼酎にみりんを足して甘くして飲むのが人気である。

菊菜は一軒の鰻屋《うなぎや》に入って彩香と向き合っていた。

「こんなところに鰻屋があったのね」

「ここは看板も出していませんから、そう簡単に見つかるお店ではありません」

「煙の匂いを頼りに探すしかないわね」

湯島から歩いてすぐの店であった。どうやらあまり人に聞かれたくない会話をする時に使う店らしい。

「ここはうちの両親がよく使う店なんです。だから安心していいですよ」

まだ幼いのに堂々としたものである。

「それでかどわかしというのはどういうことなの」

「そういう文《ふみ》が来たのです。娘をかどわかされるのが嫌なら百両よこせという文です」

「それでどうすることにしたの」

「もちろん払いません。その上で平次親分に相談してこいということになったのです」

確かにそんなことで金を払っていてはやられ放題である。それにしても実際にかどわかしもしていないのに金を要求するのはどういうことなのだろう。

「平次さんにはしっかり相談しておくわ。それまでは私と一緒にいましょう」

「ありがとうございます」

しかし一体どういうわけでそんなおかしなことを考えついたのだろう。

そう考えてから、これは案外大変な事件かもしれないと思った。普通に考えればかどわかすという文だけで金を払う人はいない。

しかし、もしこれで本当に彩香がかどわかされたらどうだろう。その後は文さえ送りつければ誰でも金を払うのではないだろうか。

実際にかどわかしを行うのは大変である。しかし一回だけ成功すれば後は文を送るだけでいくらでも金が手に入るのだ。

「これは冗談ごとではないかもしれないわね」

「どうしたんですか」

「あなたをかどわかすのに成功したら、あとは文を送るだけでいくらでもお金が手に入るわ。危険な橋を渡るのは一度だけでいい」

菊菜が言うと、彩香の表情も変わった。

「つまり本当にかどわかされるということですね」

「そう思った方がいいわ」

「どうしたらいいんでしょう」

「まずは平次さんを呼びましょう」

平次がどこにいるのかよくわからない。鰻屋の店主を呼んでとりあえず文をしたためる。

「神田明神の辺りに平次という岡っ引きがうろうろしているはずです」

そういうと店主はすぐにわかった。小僧を呼び寄せる。

「これを神田明神の平次親分にわたしておいで」

文を持つと小僧はすぐに出かけて行った。

「親分が来るまでの間、鰻をどうぞ」

どうやらこの店主は平次に好意的らしい。

「平次さんのことを知っているのですね」

「もちろんですよ。親分にはお世話になっています」

「どんな風に世話になっているのか伺ってもいいですか」

一体岡っ引きがどうやって鰻屋の世話をするのか全くわからない。

「岡っ引きよけですよ」

店主はあっさりと言った。

「岡っ引きよけというのはなんですか」

「例えばうちは鰻屋ですが、十人もの岡っ引きに押しかけられて小遣いをせびられたらそれだけで店が傾いてしまうでしょう。だからどこの店も世話になる親分を一人決めているんですよ。うちの場合、平次親分ということです」

岡っ引きに用心棒代を払うことで他の岡っ引きのゆすりを防ぐということらしい。まるっきりやくざの縄張り争いである。

「平次さんは用心棒代をいただいているのですか？」

「それが全然いただいてもらえないのです。我々が無理やり押し付けてる有様ですよ」

店主が苦笑した。

どうやら平次は他の岡っ引きから店を守って収入を得ているようだった。

「無理やりとられているわけではないですよ」

店主が笑った。

「そういえばご挨拶がまだでしたね。わたし、この鰻屋、出雲亭《いずもてい》の店主で銅三郎《どうさぶろう》と申します」

「菊菜です」

「この人はこう見えても、凄腕の盗賊だったんですよ」

彩香がくすくすと笑った。

「お恥ずかしい」

銅三郎は苦笑する。

「盗賊さん。ですか？」

「もともとはそうです。いまでは足を洗って鰻屋ですよ」

いきなり言われてもどう答えていいのかがわからない。そもそも盗賊は死罪になってしまうものだと思っていた。

「平次さんとはどのようなご関係ですか？」

「じつはわたしは平次親分に捕まったんですよ」

「そうなのですか？」

「はい。それ以来、平次親分の人柄に惚《ほ》れているのです」

平次がほめられるのはなんとなく嬉しいが、それにしても昨日までは盗賊が鰻屋をやっているなどということは考えもしなかった。

通された部屋で鰻を待っていると、平次がやってきたようだった。銅三郎と一緒に菊菜の前までやってくる。

「おう。事件だって」

平次の表情は真剣そのものである。菊菜の前にいるときの平次とは少し違う。岡っ引きの顔というか、なんともいえないいい顔をしていた。

ああ、と菊菜は思った。

自分はきっと平次を好きになる。

そう感じたのである。いままではなんとなく「夫婦ごっこ」のような感じでふわふわとしていた気持ちがぎゅっとしぼりこまれたような気がした。

まだ恋をしているとまでは言わないが、遠くない将来、多分数日のうちに平次のことが好きになってしまうだろう。

その気持ちを悟られたくなくて菊菜は下を向いた。

「彩香さんがかどわかされそうなのです」

自分の声が少し上ずったように感じられた。あまり口を開いてはいけないと思って彩香に説明を譲る。

彩香の説明を聞いた平次は大きく頷いた。

「わかった。安心するといい。こいつはすぐにけりがつく」

「そうなんですか」

彩香が驚いたような声を出した。

「お前の店に、最近いとまごいをした奴がいないか」

「手代の寅七《とらしち》さんがしていますが、どうしてわかるのですか」

「お前、そいつに口説かれたことがあるだろう」

「そんなことまでわかるんですか」

「こいつは単純な事件だからな。その男はお前をかどわかして自分の田舎に連れて行って嫁にしようと思っているんだ」

「それは普通に求婚したら駄目なんですか」

「駄目でしょう。断りますから」

彩香があっさりと言った。

「断るの？」

「ええ。駄目です」

「あまりいい男の人ではないのね」

「いえ。顔もいいし気立てもいいです」

「でも求婚は断るのね」

「商才がないんですよ。今一つですね」

「それだけ？」

「それが全てです。商人の娘は商才と結婚するんですよ。見た目がどうだとかそんなことで相手を選ぶわけないじゃないですか。家を存続させるための結婚ですから。好きとか嫌いっていう気持ちも正直関係ないですね」

商人はすごい。菊菜は感心してしまった。いくら武家とはいっても浪人の娘の菊菜にはそこまで強く家を守る気持ちはない。

商才と結婚するというのは立派な考えのような気がした。

「お話はわかりましたが、あの人にそんな度胸があるようには思いません」

彩香が疑問を呈した。

「つまり入れ知恵した奴がいるって事さ」

平次がこともなげに言う。

「最初のきっかけを作った本人はもういないかもしれないな。その後で甘い汁だけを吸おうって考え方だ。こっちは少々嫌な奴だな」

それから平次は自信ありげな顔で言った。

「今追っかけている盗賊とこの事件は繋《つな》がっているな」

「そうなのですか？」

「そうだな。こいつは少々大事《おおごと》だから心してかからないといけないかもしれない」

今のわずかのやり取りで一体どれほどのことを判断したのだろう。自分が飲み込みが悪いとは思わないが、平次は頭の回転が何倍も速いらしい。

「とにもかくにも、鰻をどうぞ。平次親分のぶんも焼いておきました」

鰻が運ばれてきた。

「そんなに気を使わなくてもいいんだぜ」

「平次親分のおかげで生まれ変わったんですから、それくらいのことはさせてくださいよ」

「俺はなにもしてねえよ。あんたが勝手に生まれ変わったんだ」

そう言いながら平次は顔をそむけた。どうやら感謝されるのは苦手らしい。

「照れなくてもいいのではないですか？」

「照れてるんじゃない。本当の事言ってるだけだ」

「親分は悪人ぶるのがお好きなんですよ」

銅三郎が言う。

「可愛らしいのですね」

思わずくすくすと笑ってしまった。それから自分の気を引き締める。いまは事件の話をしているときなのだ。

「どうして繋がっていると思うのですか」

「まずは鰻を食べようじゃないか」

そう言われて鰻重の蓋を取った。ふわっとした湯気がいい香りを運んでくる。匂いが濃い感じだ。

「中鰻の鰻重です」

「中鰻？」

菊菜は思わず聞き返した。鰻といえば大鰻と相場が決まっている。中鰻というのはよほど場末の店でないと出てこない。

もっとも、菊菜はそうそう鰻など食べないから本当のところはよくわからないが。

「鰻は冬が旬でね。その中でも中鰻が美味しいんですよ。大鰻は見た目は派手ですが味は少し小さい方がいいのです」

食べてみると、身は軟らかいが歯にしっかりとした弾力が伝わってくる。味もきめ細かくて甘味がある。

そしてたれも美味しかった。醬油と砂糖を煮詰めたたれではない。味噌を酒で練ったもののようだった。

「美味しいですね」

「これは三河の八丁味噌を少しの出汁と酒で練ったものです。出汁は鰻の骨と頭でとっているのですよ。鰻といえば甘いたればかりですが、こうしても美味しいんです」

たしかに味噌味の鰻も美味しい。醬油だと思いこんでいたのが間違っていたようだ。

「なんだか常識が変わってしまいそうな美味しさです」

「そう。常識の部分なんだよ。問題はさ」

平次が真面目な顔で言う。

「俺は盗賊なんだって顔して歩いてる盗賊はいない。いるかもしれないがそいつは下っ端で、本物の盗賊はとてもそうは見えないものなんだ」

「それはそうでしょう。わたくしもそう思います」

「問題は表の顔なんだ。盗賊だけやってる奴なんてそうはいない。表でまっとうな商売をしながら裏で盗賊をやってる」

それから平次は腕組みをした。

「俺は船問屋が今回のことを仕組んでるんじゃないかと思う」

「まさか」

菊菜は思わず否定した。船問屋はたいていが儲かっている。そのうえで盗賊をするというのは考えにくかった。

抜け荷というならまだしも、盗賊は意味がない。

「なんでないと思うんだ？」

「だってお金持ちではないですか」

「金持ちだって盗みはするだろうよ」

平次が真面目に言った。

「盗みにもいろいろあってな。金がないから盗むやつはもちろんいる。でもそういう奴はたいてい小銭しか盗まない。本当にやっかいなのは金のためじゃなくて盗みのために盗むやつなんだ」

菊菜は銅三郎の方を見た。

「わたしも盗みのための盗みでした。あれは心の病なのです。盗みを行うともう次の盗みのことを考えてしまうのです。うまくいった時の気持ちよさといったら他のどんな楽しみにも代えられないのです」

「捕まったら死罪になるかもしれないのですよ」

「そうなって初めて後悔するのです」

菊菜にはその気持ちはわからない。しかしそういう病なのだと言われればそうなのかもしれない。

彩香をかどわかして田舎に連れて行くとなると、どうしても船ということになる。陸路では関所もある。箱根を越えることもできないだろう。

それに比べれば海路は自由である。それこそ上方に連れて行ってしまえばいい。だとすると船に顔の利く誰かが必要ということになる。

かどわかした女を船に積み込んで出るとなると、どんな船でもいいというわけにはいかないだろう。

そもそも船に乗っている全員がそれを承知していないといけない。

つまりは盗賊の船ということになるのだろう。

船を使った犯罪は重罪である。片っ端から死罪になってしまう。特に長崎を回る船はなにかあったらただでは済まない。

「抜け荷騒動にも関わってくるというわけですね」

「そうしたら私はどうしたらいいのかしら。このままいくとかどわかされてしまうのでしょう」

「しかし船までといっても人一人をそう簡単にかどわかすことはできないだろう。薬で眠らせるなんてよく言うが、眠った人は重いからな」

「駕籠《かご》で運ぶということでしょうか」

菊菜が尋ねると平次は首を横に振った。

「女をさらうのに駕籠を使うのはなかなか難しい」

「そうなんですか？」

「駕籠っていうのは単に町中を走ってるように見えるけどよ。一挺《ちょう》ごとに全部届けを出してるんだ。江戸では勝手に駕籠屋はやれないんだ。全部町奉行の支配下さ。事件なんて起こしたらすぐ取り潰されるんだよ」

「あんな荒くれ者がですか」

「荒くれ者ほど幕府に縛られてるってもんよ」

「だとするとたしかに運びにくいですね」

　彩香が口を挟んできた。

「なにかの方法で私が自分で船に乗るように仕向けるっていうことかしらね」

「どうやって」

　菊菜が尋ねると、彩香は楽しそうに声をあげて笑った。

「そこを工夫するから、かどわかしなんじゃないですか」

　自分がかどわかされるかもしれないというのに大した度胸である。菊菜だったらどきどきしてしまってもうなにも手につかないだろう。

「一体何時頃《いつ》、彩香さんをかどわかすつもりなんでしょうね」

「寅七さんがうちの店を辞めるのは七日後だからその辺りでしょうね。それまでは安全だと考えてもいいのではないでしょうか」

　その間に対応策を見つけるしかない。

　とりあえず、もしその間に盗賊集会があるのであれば出てみようと思う。菊菜にはなにがなんだかわからないが、とにかくバラバラであっても情報を集めないといつまでたってもなにもわからないだろう。

　盗賊というのは案外横のつながりがあって、きちんと規律に従って盗みを働いているのかもしれない。

盗賊に遭って一家離散という話はあまり聞かない。皆殺しにしたりするむごたらしい連中はともかくとして、集会を開くような人たちは店が潰れるような盗みは働かないのかもしれない。

よい盗賊と言ってもいいのだろうか。

「いつまでもここにいても仕方がねえ。俺はちょいと出かけてくるぜ」

「どちらにですか」

もう寒くなるし夜になってくる。いったいこれから何処に出かけるのかと気になってしまった。

「そいつは岡っ引きの秘密ってやつだ」

そう言うと平次はさっさとお店を出て行ってしまった。

後ろ姿がかっこいいと思う。

気取《けど》られないようにふっと息を吐いた。

「先生。さっき恋したでしょ」

彩香が悪戯っぽく言った。

「なんの話でしょう」

十も年下の女の子に恋心を見透かされるのはかなり恥ずかしい。しかも「恋に落ちた」瞬間を見られるという失態である。

菊菜にとってはさっきの瞬間がまさに初恋といえた。

この秘密は墓場まで持って行こうと決意する。

「まあ。いいですよ。隠したい気持ちもわかります」

彩香は大人びた笑みを浮かべてから、少々不安な様子を見せた。

「もし本当にかどわかされたらどうなるのでしょう」

「大丈夫。ちゃんと守ってあげるわ」

菊菜は思わず彩香を抱きしめた。

「店の者が迎えにくるから今日のところは平気です」

「そうね。ではその人が来るまで待っています」

菊菜は一緒に待つことにした。この店にいる限り安全だろう。店の誰が迎えに来るのかきちんと確認してから別れようと思っていた。

「菊菜さんは平次親分と夫婦になるんですか」

銅三郎が聞いてきた。

「なんとなく。勢いでそんな感じです。でも平次さんがきちんと手柄をたてないと祝福されないですからね」

そうは言ったが菊菜の方はもうすっかりその気である。平次の姿が胸に刺さっている。あとは手柄をたてるだけだ。

「今回の事件は案外大きなものですからね。町奉行所ではなくて火盗改めが出てくるでしょうから気をつけてくださいね」

「安心ではなくて気をつけろですか」

「火盗改めっていうのは盗賊の敵ですけどね。庶民の味方というわけじゃないんですよ。たまたま敵が盗賊や人殺しというだけなんです」

「どういうことですか」

「悪人をやっつけたいのであって庶民を守りたいわけじゃない。だから火盗改めの巻き添えになる庶民は少なくないんですよ」

「庶民の味方って案外ないんですね」

「庶民の味方は庶民だけです。こそ泥なんかを一番捕まえてるのは大家ですよ」

「同心は？」

「同心は大家が捕まえて番屋に放り込んだ泥棒を引き取ることが多いですね。岡っ引きが捕まえた犯人でもいいですが、要するに引き取りが主です」

確かに大家は店子がなにをやっているか大体のことを知っている。相手が庶民であるなら一番詳しいのは大家ということになる。

だから怪しい人を一番捕まえやすいのは大家に違いない。ただしそれは相手が普通に生活している場合で、無宿人であれば事情は違う。

と言っても菊菜は無宿人を見たことはない。街の中で普通に暮らしているぶんには出会うことのない人たちである。

しばらく待っていると男が二人迎えに来た。

「こちらは竹吉《たけきち》さん。こちらは梅吉《うめきち》さん」

「よろしくお願いします」

二人は頭を下げた。年齢は彩香と同じぐらいだろうか。丁寧な物腰で好感の持てる二人であった。

彩香を送り出してから、改めて綾乃の所に向かった。なんにしても、もう少し詳しいことを聞いておきたかったのである。

「おかえりなさい」

「ただいま。あーちゃん」

そう呼ぶと綾乃は満足そうな笑みを見せた。

「ちょうどよかった。来て欲しいと思っていたのよ」

綾乃は菊菜を店の奥に案内したのだった。

参

店の奥に恰幅《かっぷく》のいい男が座っていた。いかにもいい人という雰囲気だ。四十くらいだろうか。

「はじめまして」

菊菜は挨拶した。

「浪人の娘さんだそうだね」

男は笑顔で言った。

「はい」

「わたしはくろもじ屋をやっていてね。手先が器用なら歓迎だよ」

くろもじ屋というのは、爪楊枝や房楊枝を扱う店である。爪楊枝に一番いいのはくろもじの木なので、くろもじ屋と呼ぶ。

日常絶対に使うものの上、やはり上質なものがいいということで、質がいいものを売ればかなり儲かる。良質の「削り手」はいつも求められていた。

「それはありがたいですね」

さっき寺子屋をくびになったばかりだ。くろもじ作りはありがたい。

「この人が集会を仕切っているの」

綾乃が言う。ということはこの人も盗賊だということだ。悪事を働いている気配など全く感じさせない。どこからどう見ても善人の気配がする。

「あまり驚かないのですね」

男が言った。

「驚いていないわけではないのです。でも正直実感がわきません。いい人にしか見えないのです」

菊菜が言うと、男は愛嬌のある笑顔を見せた。

「そう言ってもらえると嬉しいですね。盗賊以外はなるべくよい行いをしようと心がけているのですよ」

「この人は寺子屋なんかもやっているのよ。それも女子用の」

「そうなのですか」

「女子こそがきちんと読み書きそろばんをできたほうがいいのです。うちの店のものはほとんどが女性ですよ」

「それは素晴らしいですね。改めまして、菊菜と申します」

「堂島屋久兵衛《どうじまやきゆうべえ》です」

堂島屋は堂々としていた。日陰者という感じはまるでない。盗賊も事業のひとつだと割り切っているのかもしれない。

「今度の集会のお手伝いに来てくれるそうだね」

「はい」

「歓迎するが、話し合いの内容を他人に漏らさないことをお願いするよ。特に平次という岡っ引きにはなにも言わないでおくれ」

「平次さんと私のことをご存じなんですか」

「綾乃から聞いている」

「その上で私を手伝いに呼ぶのですか」

「もちろんだ」

一体どういう神経なのだろう。普通に考えれば菊菜を呼ぶことは絶対にない。それとも菊菜をかどわかして人質にするのだろうか。

「おかしなことを考えているわけではありませんよ」

菊菜の気持ちがわかったのか、堂島屋は声を上げて笑った。

「私たちは確かに盗賊だが、それなりに規律を守っている。しかし最近は平気で人を殺す盗賊が多くなってね。そいつらはなんとか懲《こ》らしめたいんだ。そういう意味では平次親分と私たちは味方同士のようなものさ」

「人を殺す盗賊をどうして懲らしめたいんですか。正義感ですか」

単なる正義感で盗賊を退治するとは思えない。彼らなりの利益があってのことだろう。そして彼らの計画に菊菜と平次も巻き込もうということに違いない。

「喋《しゃべ》るなと言っても私が平次さんに喋ってしまうことはありえるでしょう。つまり最初から平次さんを巻き込むつもりなのではないですか」

「あなたは頭がいいようだ。その通りですよ。我々を味方にして盗賊を退治するか、敵に回して凶悪な盗賊を見逃すか選んでください」

堂島屋の言葉は正論かどうかはともかく説得力がある。しかしそれはなかなかひどい話だ。そもそも菊菜にはまるで関係のない裏社会のことである。

岡っ引きと結婚すれば、事件に巻き込まれることはあると思っていたが、それはたとえば男装して「御用だ！」と叫ぶようなことだった。

それがいきなり「盗賊と手を組んで」「裏社会による裏社会退治」などという

ものに首を突っこむというのはいささかやりすぎだろう。

「そうはいっても断りにくい話ですね」

岡っ引きの犯罪を見逃すから治安が守られるのと同じ理屈である。

それから菊菜は気になっていたことを口にした。

「こちらも相談があります」

そして、いま平次が追っている事件のことを口にした。かどわかしのことも、船の盗賊のこともである。

「なるほど。そいつは河童《かっぱ》の小平治《こへいじ》の仕事ですね」

堂島屋はあっさりと言った。どうやら知っているらしい。

「お仲間ですか？」

「いえ。どちらかというと敵になりますね」

「敵味方はどうやってわかれるんですか？」

「そうですね。いろいろありますが。河童はやりすぎるんです」

「やりすぎ」

「ええ。手前どもは引き込みという人を入れて、半年も一年もかけて入念に店のことを調べます。そして店が潰れない程度に盗むんです。奉行所の方は盗むためだけに入ると思っていますがね。相手を殺さないために入るんです」

「そうだったんですね」

「でも最近は根こそぎ盗んだり、さらには殺す連中までいる。こういった連中は許すわけにはいきません」

盗賊がいいこととは思わないが、そう言われると他の盗賊よりはましな気がする。

堂島屋はにやりとした。

「一度共同で盗賊をやっつけようじゃありませんか」

「わかりました」

平次に相談したいとも思ったが、自分でなにも決められない人は信用もされないだろう。

「仲良くなってよかったね」

綾乃が能天気な声を出す。

「でも。あなた方が本当に悪党だと思ったらいつでも敵に回る。でいいですか」

「いつでもいいですよ」

「では、集会のお手伝いに参ります」

「よろしくお願いします」

堂島屋は丁寧にお辞儀をしてきた。まったく「できた人」としか思えない。江戸にはこういう盗賊が何人いるのだろう、と菊菜は不思議に思ったのだった。


長屋に戻ると、平次はあぐらをかいて待っていた。

「どうしたのですか」

声をかけると、平次が渋い表情を見せた。

「かどわかしの予告のことなんだが、俺は手を出せないかもしれない」

「どうしてですか？」

「源一《げんいち》親分の縄張りだって文句言われたんだ」

どうやら、彩香の親の店は他の岡っ引きの保護下にあったらしい。平次が出ていくのは縄張り違反ということか。

「でも、彩香さんの安全が一番でしょう」

「源一親分が守ってくれるそうだよ。まあ。腕のいい親分だからな」

平次は納得がいかない様子だが、それを踏み越えるのは難しいらしい。

「それなら寅七さんて人をさっさと捕まえるということですか？」

「それはできない」

平次が首を横に振った。

「だって怪しいんでしょう」

「証拠もないのに捕まえるなんてできないんだ」

平次がため息をついた。

「調べることもですか?」

「おうよ。取り調べってのはそう簡単じゃねえ。もし無実の罪だってことになったらただではすまないんだ。俺は打ち首さ」

平次は右手を首にあててみせた。

「そうなのですか?」

「岡っ引きや同心には厳しいんだよ、幕府は。もし無実の町人を罪にしたとなったら同心は切腹だしな。だから事件を起こして証拠が出るまでは簡単じゃねえんだ」

「案外しっかりしてるんですね」

「しっかりしすぎでやりにくいんだ。まあ、そうじゃないと適当に牢屋《ろうや》に放り込んでから金をせびるなんて奴が出てきちまうからな」

悪人を使って町を守っている分、岡っ引きが悪事を働くと厳しいのだろう。

「そっちはどうだった」

平次が聞いてくる。

菊菜は堂島屋のことを説明した。平次は頷きながら聞いていたが、最後に首を大きく縦に振った。

「そいつは乗ろうじゃないか」

「乗るのですね」

「結局どの方法で庶民を守るかだからな。なにかあったら泥は俺が全部かぶるよ」

平次がきっぱりと言う。

「格好いいですね。平次さんは」

菊菜は思わず言った。

「なんでえ。いきなり」

平次が赤くなる。

平次が赤くなったのを見て、自分まで恥ずかしい。

「赤くならないでください。わたくしまで恥ずかしいです」

そもそも部屋に二人きりなのである。押し倒されたりしたら抵抗もできない。

というか抵抗する気がないのが問題だ。

「赤くなるなは無理だろう。好きな女と二人なんだからよ」

平次が唇をとがらせた。

どう返していいのかわからない。

「親分。てえへんだ!」

不意に一人の男が入ってきた。

「おう。からっ八か。どうした」

からっ八は菊菜を見ると困った表情を見せた。

「お楽しみでしたか?」

「違います」

きっぱり言うと菊菜はからっ八を睨んだ。平次に子分がいるというのは知っていたが、じかに挨拶するのは初めてだ。

「菊菜と申します。よろしくお願いします」

「からっ八です。姉さんですね。よろしくお願いします」

からっ八が頭を下げた。

「それでどうしたんだ。大変って言うからには大変なんだろう」

「それがかどわかしなんです」

「誰がやられたんだ」

「日本橋の呉服屋の娘で、彩香って娘だそうですよ」

「なんですって」

菊菜は思わず叫んでしまった。店のものが来たというので安心して別れたのがいけなかった。家まで送り届けるべきだったのである。

それにしても、彩香を迎えに来たのは明らかに店のものだった。彩香の態度からしてもきちんと知り合いである。

「どうしてかどわかされたってわかったの」

「店に文が届いたらしいんです。娘は預かったって」

「寅七さんは？」

「よくわかりませんが。店の若い者が二人いないそうですよ」

消えたのが二人なら、迎えに来た二人に違いない。寅七は店にいるのだろう。

寅七がかどわかして出ていくと真っ先に疑われる。

そう考えると、寅七は疑われないようにしているのだろうか。それとも関係ないのだろうか。

いずれにしても、なんとしても彩香を救わないといけない。

「最後に彩香さんと会ったのは私です。店の小僧二人に送られて帰りました」

「どこから帰ったんだ」

「神田明神の出雲亭です」

「そこから日本橋までまずは歩いてみることだ。俺は行くからひとまず自分の家に戻っていてくれねえか」

「私も参ります」

「もう夜だし意味はないよ。俺も本格的に探すのは明日だ。足取りを確かめてみるだけだからさ」

「わかりました」

確かにやれることはない。気持ちだけ焦っても仕方がない。いまは自分の長屋に帰って眠っておくのがいいだろう。

そう思って平次と別れて長屋を出る。

だがどうしても気持ちが落ち着かない。綾乃のいる麦湯売りの店に向った。あそこは酒も出すから相談できそうだ。

寝た方がいいと思いつつ、いてもたってもいられない。

「なにかあったの？」

菊菜の顔を見るなり、綾乃が訊いてきた。

「なにかあったと思いますか？」

「鬼にでも出くわしたような顔をしてるわ」

綾乃がおっとりと笑った。

なんとなく落ち着く笑顔である。

「彩香さんがかどわかされたの」

そう言うと、綾乃の顔が引き締まる。

「それは大変ね。とにかく座って」

綾乃は菊菜を席に座らせると、麦湯を出してくれた。

「お酒は入ってないわ。とにかく温まった方が落ち着くわよ」

綾乃は落ち着いている。こういうことに慣れているような気配がした。

麦湯をひと口飲む。

「甘い」

麦湯には砂糖と生姜《しょうが》が入っていた。

「落ち着く味でしょう？」

たしかに落ち着く味だった。生姜の香りと、ぴりりとくる味を砂糖がうまく包みこんでいる。

「それでどこでかどわかされたの?」

「わからないのよ。鰻屋さんに店の人が迎えに来たというところまでしか知らない」

「とにかくその店の人が関わってるのは間違いないわね」

そういうと、綾乃は店の中に向かって声をあげた。

「夜掏摸《よるすり》の人はいないかい」

「あいよ」

一人の男が立ち上がってやってきた。

「ちょいと相談にのっておくれな」

それから綾乃は菊菜に男を紹介した。

「夜掏摸の杉多《すぎた》さん」

「よろしくな」

杉多という男はひょいと頭を下げた。

「よろしくお願いします。ところで訊いてもいいですか?」

「夜掏摸ってなんでしょう」

「夜やる掏摸だから夜掏摸だよ」

男は声をあげて笑った。

「掏摸っていうのは勝手にはできないんだよ。親分に許しを貰《もら》ってやるものなんだ。だから立つ場所も時間も親分次第なんだよ」

掏摸は勝手にやるものだと思っていただけに、それは驚きである。

「夜でもお客さんがいるのですか」

「客って言い方するってのはわかってるのかい」

「いいえ。なんとなく」

掏摸からすると通行人は客だろうと思われたので言ったのだが、正解だったらしい。

綾乃は、杉多に事情を説明した。

「そいつはあまりよくねえな」

杉多は顔をしかめた。

「よくないっていうのは？」

「いいよ」

「顔見知りをかどわかすってことはさ。もう二度と返さないってことだからね。知らない奴にさらわれるよりも危ない」

「ではどうしたらいいんでしょう」

「まあ落ち着きなよ。人をかどわかすっていうのはそう簡単じゃないんだ」

「どういうことですか？」

「いやいや。こいつをさらおう。はいさらいました。てことはできないのさ」

杉多は少し考えこんだ。

「いいかい。お嬢さん。江戸ってのは夜になにかするのは案外厳しいんだ。かどわかすのはいいけどさ。そのあとどうするんだい。宿に泊まるといってもさ。騒がれたらおしまいだろう」

「船に積み込むというのはどうですか」

「猪牙舟《ちょきぶね》かなにかに積んだら目立って仕方がない。かといって大きな船って訳にもいかないだろう。だから船っていう筋はないいな」

「そうだとするとどこなのでしょう」

「そうだな。俺たちならまずは寺だな」

杉多が言う。

「お寺ですか？」

「ああ。寺っていうのは町奉行の同心は入れないからな。盗賊にとってはいい場所なんだ」

「平次さんに知らせないといけないですね」

菊菜が言うと、杉多は笑い出した。

「平次親分はもう気が付いてると思うよ。ただ、取り戻し方には工夫しないといけないからな。うかつに踏み込むと岡っ引きのほうが罪になっちまう」

「悪い人は使えるのに岡っ引きは駄目なんですか？」

「寺は十手が嫌いだからな」

杉多が腕を組んだ。

「寺っていうのはさ。金が唸《うな》ってるところが多くてね。同心なんかに付きまとわれたくないんだ。まあ、賭場も開くからな」

「賭場はお寺でやるのですか」

賭場というものがあるのは知っているが、本当はどこでやっているのかは全然わからない。

「お寺だと町奉行所は踏み込んでこないんですね」

「寺社奉行の管轄だからな」

「でも十手が嫌いなだけなら、たとえばわたくしが踏み込むのはいいのですか？」

「あんたが？」

「はい」

杉多は少し考えこんだ。

「たしかにまあ。あんたが踏み込むのを止めることはできないな。しかし危ないぜ」

「小太刀の心得があります」

「それじゃだめだよ。あんた人を刺したことないだろう。そんな人の刀なんて少しも怖くないのさ」

「これでも筋がいいと言われているのです」

彩香の危機である。ここは腕をふるうときだろう。

その瞬間。

「わっ！」

耳元で叫び声がした。

「ひゃっ！」

思わず耳をおさえてうずくまってしまった。

「もう殺されてるよ。あんた」

杉多が唇をゆがめて笑った。

「そうですね」

菊菜が答える。体がまったく動かない。刀を持っていたとしても同じだろう。まさか叫ばれただけでなにもできなくなるとは思わなかった。

「叫ばれるだけで体が動かないなんて」

菊菜が言うと、杉多は真面目な表情で頷いた。

「喧嘩の場数っていうのはさ、体が動かなくならないことなんだ。剣術が道場で強いだけじゃ喧嘩には勝てないのさ」

これればかりは喧嘩をしたことがないとわからない。

「でも彩香さんを取り戻しにいかないといけません」

「そうだな。あんたが行くというのは悪くない」

杉多が頷いた。

「危ないとおっしゃいませんでしたか？」

「一人ならな。人数集めていくなら、相手も全部殺すことはできないさ。寺だって見逃しておけないだろうよ」

「そういえば、お寺は賭場には寛容なのですか？」

「寛容ってわけじゃないけどさ。見逃す寺もあるな。博打《ばくち》うちとは仲良くしておきたいってところだろう」

「お寺なのに博打を見逃すんですか？」

菊菜が言うと、杉多は笑い出した。

「寺っていうのは寺っていう商売なんだ。儲かる方法をいつも考えてるんだよ」

「そうなのですか？」

「そりゃそうさ。仏の道をちゃんと説いてる寺もあるけどな。信者って字をくっつけると儲かるって字になるだろう。神も仏もそんなものさ」

たしかにそうだ。仏の道も使い方といったところなのだろう。

「儲けてる寺は盗賊に狙われやすいからな。でも賭場に貸しておくとさ、ごろつきの連中が盗賊から守ってくれるからな」

そうやってお互い守りあうのはなんだかいいことのような気もするが、両方悪いことなのはほめられたものではない。

「では、彩香さんをさらったのは賭場を開いている人なのでしょうか」

「いや。そいつらはやらないだろう。寺に迷惑がかかるからな。多分賭場に来たことはあるってくらいの奴だな」

そう言ってから、杉多はぽん、と手を叩いた。

「そうか。多分平次親分ならもう捕まえる算段をしてるだろうよ。行こうぜ」

「そうなのですか?」

「ああ。見物としゃれこもう」

菊菜にはなにがなんだかわからない。しかし思ったより簡単に解決しそうな感じである。

「わたしも行くわ」

「大丈夫なの?」

「平気。それにこれから長いつきあいになるから慣れようよ」

綾乃は当たり前のように言った。普通の付き合いとは少々意味が違う様子である。

「長いつきあいになるのはいいのですけど。どういう意味ですか?」

「菊菜はさ。これから黄昏屋《たそがれや》になるからね」

「黄昏屋?」

聞いたことのない言葉である。

綾乃は大きく頷いた。

「普通の町人はさ。昼の世界で生きてるだろう。それに比べて盗賊なんかは夜の世界に生きてるじゃないか。岡っ引きやその周りは昼と夜を行き来してるからね。それで黄昏屋って言うんだよ」

なるほど。と菊菜は思う。平次の妻になるということは、夜の世界に足を踏み入れる覚悟が必要だということだ。

菊菜はまっとうに生きるように教育されてきたから、正直怖くはある。そもそも岡っ引きの妻になる必要はないのだ。

三日前にそれを言われていたらおそらく逃げ出していただろう。いまは平次のことを好きになっているからそれでもいいという気持ちになっている。

恋というのは全く厄介な病気だった。とは言っても周りに祝福されずに結婚する気は毛頭ない。

だからこそ手柄が大事なのである。

杉多に連れて行かれるままに歩いていると、平次が子分と一緒に寺の前にいるのが見えた。

「菊菜じゃねえか。どうしてここがわかったんだ」

「こちらの方に案内してもらったのです」

平次は杉多の方を見ると、仕方がないな、という表情になった。

「掏摸か。今回は助けてくれるって訳だな」

「前回は助けていただきましたからね」

どうやら二人は顔見知りのようだった。助けるということは、平次が掏摸の現場を見逃したということだろう。

悪事を見逃すのはいいことだと思わないが、そのおかげで彩香が助かるのであれば、菊菜としてはなんとも言えない。

世の中は単純に善と悪でわけられるものではないということなのだろう。

「岡っ引きはお寺に踏み込めないというのは本当ですか」

「残念だけどそうなんだ」

「では私が踏み込みます。その後からついてくるのはどうでしょう」

「そうだな。それならたまたまってことでなんとかなるだろう」

岡っ引きが寺に踏み込むのは駄目でも、別のことでたまたま足を踏み入れるのであれば言い訳が立つと思われた。

「彩香さん」

菊菜は寺の中に踏み込んでいくと大きな声を上げた。しかし返事は返ってこない。

「本当にいるのかしら」

「猿轡《さるぐつわ》をかまされているかもしれないわ」

綾乃が言う。確かにうかつに声を上げられるわけにはいかないだろう。菊菜としては寺の人に気がつかれても構わないから好きに動き回れる。

寺の奥の方に進んで行くと、蠟燭《ろうそく》の灯りが見えた。行灯《あんどん》ではなくて蠟燭である。

寺の中は暗いから人質が逃げないように蠟燭を使っているらしい。

音は聞こえないが人がいるのは間違いない。

その時、蠟燭の灯が消えた。

「思った通りだ。逃げるつもりですよ」

杉多はそう言うと提灯《ちょうちん》を取り出した。普通の提灯ではなくて見回り用の提灯である。蠟燭が三本立っていて目の前を明るく照らせるようになっていた。

平次が前に立つ。十手ではなくてすりこぎ棒を持っていた。

「十手を使わないのですか」

「そんなものを使ったら岡っ引きの仕事になっちまうだろう。これはあくまで俺の個人的な喧嘩だからな。すりこぎならお役目じゃない」

「そうですね」

答えてから、菊菜はふと思い立って言った。

「平次さん。喧嘩だと言うなら、これは平次さんだけの喧嘩ではありません。私たち二人の喧嘩ですよ」

菊菜に言われて、平次は軽く笑った。

「そうだな。俺たち二人の喧嘩だ」

それから菊菜たち四人は寺の奥の方に足早に進んでいった。

「あっちの方に逃げて行こうとする音がする」

綾乃は相当耳がいいらしい。ほとんど聞こえない足音をちゃんと聞いていた。

「そういえばからっ八さんはどうしたの」

さっきまでいたはずの平次の子分がいない。

「あいつはちゃんと仕事しているよ」

平次が言うと、向こうの方で派手な音がした。男たちの悲鳴が聞こえる。

「逃げようなんて甘いんだよ」

声が聞こえる。どうやら男たちの逃げ道にからっ八がいたようだ。

「こういう時どこに行くかなんてわかりきっているからな」

平次が得意そうに言った。

「親分は盗賊の気持ちがよくわかるからね」

杉多が笑う。

「それはそれで人聞きが悪いな」

そう言うと、平次も改めて笑ったのだった。


さて、番屋である。かどわかしたのは、彩香の店の小僧二人だった。すっかり観念した表情になって座っている。

番屋というのはいつも詰めている番人が二人いる。岡っ引きが取り調べをして調書をとると同心二人に引き渡すのである。

「いったいなんだってこのお嬢さんをかどわかそうなんて思ったんだ。誰かに頼まれたのか」

平次がきつい調子で言った。

「黙っててもいいが、このままだとお前たちは下手人ということになるがいいな」

平次に言われて男たちは顔色が白くなった。下手人というのは早い話が死罪である。一番軽い死罪ではあるが死ぬことには変わりはない。

「俺たち頼まれたんです。死ぬのは許してください」

「こんなことしたら死ぬのはわかってるだろう。なんでやったんだ」

「借金なんです」

どうやら借金のかたに悪事の片棒を担がされたらしい。軽い気持ちでやったというよりも追い詰められたという感じなのかもしれない。

「乱暴なことはされてないわ」

彩香が言った。本来なら家に帰ってもいいのだが、番屋までついてきたのである。

「すいません。お嬢様」

男二人はすっかり大人しくなっている。

「こう言ってはなんですけど、少し寄り道したってことでいいのではないでしょうか」

彩香はあっさりしたものである。

「許すの？」

「この人たちに悪事なんてできないですよ。少々お仕置きは必要かもしれませんが死罪にするほどの罪ではありません」

彩香もそう言うのであればこの事件は終わりである。店の人が賛成するのであれば問題はないのだろう。

「それであなたたちに命令したのは寅七なの」

「そうです」

「それにしてもいったいなんで借金なんてしたのよ」

「それが博打でして」

二人が頭をかいた。

「馬鹿ねえ」

彩香があきれたように言う。

確かに馬鹿だが、少々不自然でもある。小僧というのは衣食住を保障されているが給金はない。だから博打をしようにも元手がないのである。

もちろん元手を貸してもらえば別だが、そうまでして博打をしたいものなのだろうか。

しかし周りの顔を見る限り不自然な発言ではないようだ。借金をしてまで博打をするというのはよくあることなのだろう。

「じゃあその寅七ってやつを捕まえればいいんだな」

平次が腕まくりをした。

「そうですね」

「今日はもういいから家に帰るといいぜ」

確かにここから先は菊菜が出て行っても仕方がない。しばらくすると彩香の両親が番屋まで直接迎えに来た。

今度はかどわかされることはないだろう。今日のところは自分の長屋に帰ることにした。

「ただいま」

自分の家に帰る前に両親の家に立ち寄る。三人で暮らすには長屋はいかにも狭いから菊菜は両親の家の隣に自分の部屋をきちんと持っている。

食事に関してはバラバラに作るともったいないから三人で共通であった。

「遅かったですね」

母親の桜は心配そうな声を出した。

「事件に巻き込まれていたのです」

菊菜が説明すると、少々険しい表情になった。

「当たり前のように言うけれども、普通に生きていたら事件に巻き込まれるなどということはないのですよ」

言いながら手早く食事を準備してくれた。

「とにかく体が冷えているでしょう」

桜が作ってくれたのは湯漬けである。と言ってもご飯に単純にお湯をかけたものではない。たっぷりの鰹で出汁を取って、切り干し大根とごぼう、それから生姜を煮込んだものをかける。

味付けは醤油である。冬の夜には体が温まってとても美味しい。切り干し大根は煮込むとそれはそれでおいしい出汁が出るのだ。

菊菜の好物でもある。

「私は平次さんと結婚するのに反対ではないけれども、あまり事件に巻き込まれるようだと危ないのではないかしら」

桜の気持ちもわかる。自分ももし母親の立場だったら、事件に巻き込まれるような生活をして欲しいとは思わないだろう。

「わかっています。でも好きになってしまったんですよね」

「そんなものは気のせいだ」

父親の一之進が、桜の後ろから出てきた。

「お休みになっていたのではないですか」

「寝ていたとしても起きてしまうではないか」

一之進は、桜よりもずっと険しい顔をしている。平次との結婚に反対する気が全身から溢《あふ》れていた。

「そもそも結婚というのは、好きだからという理由だけでするものではない。家と家との問題だからな」

「あら。あなたは家のために私と嫌々結婚したのですか」

一之進が言う。

桜が笑顔で言う。

「それは違う。好きで結婚したのだ」

「それなのに娘には好きでもない相手と結婚しろと言うのですか」

「そんなこと言っておらん。しかし岡っ引きというのはけしからんではないか」

「結婚に大切なのは人柄であって、職業ではないでしょう。確かに岡っ引きは質《たち》の悪い人が多いですが、噂を聞く限り平次さんは大丈夫そうですよ」

「噂などあてにはならんだろう」

「ではなにをあてにするのですか」

桜がやや強めに言った。確かにそうだ。江戸の町で噂ほどあてになるものはない。結局その人の行動をわかっているのは近所の人たちだからだ。

桜にきつく言われて、一之進は黙り込んだ。一之進は桜が大好きだから、強く言われるとどうも旗色は悪い。

「待ってください。確かに私は平次さんのことが好きになりましたが、だからといって簡単に結婚しようと思っているわけではないのです。そもそも岡っ引きは収入がないのですから、平次さんと結婚するということは、私が養うということですからね」

「まったくけしからん」

一之進が嫌そうな表情になる。

「そうね。悪いことをしない限り収入がないというのも困ったものね」

「だから平次さんがただの岡っ引きではなくて立派な岡っ引きということがわかるまでは嫁ぐことはできないのです」

そのためにもなんとか事件を解決したかった。とりあえず今日のところは解決したと言えなくはないが、なんとなくもやもやする。

かどわかしとはいってもあんなことをすれば捕まってしまうのはわかっている。むしろわざと捕まろうとしたと思った方が自然だ。

店で働いている人として、自分の立場をわざわざ悪くする、というのはとても考えられることではない。

とはいっても借金のかたに強要されたのなら仕方がないのかもしれない。そんなことを思いながら食事を済ませる。朝になったら平次の所に行って細かい事情を聞いてみようと考えた。

「ではおやすみなさい」

両親に挨拶をすると、菊菜は自分の部屋に行き、さっさと布団に潜り込んだのだった。

朝になった。とりあえず平次の長屋に向かう。

途中で納豆屋を捕まえた。

「納豆をいただきます」

「毎度あり」

納豆を入れてくれながら、納豆売りは大きく息を吐いた。

「昨日は大変だったね。菊菜さんは巻き込まれなかったんですか」

「なににですか？」

「捕物ですよ。提灯が出てたけど、犯人を取り逃がしたみたいなんですよね」

「提灯まで出たのに取り逃がしたんですか」

「まあ本当は、提灯が出ると逃げやすいんですけどね」

納豆屋が苦笑する。

「提灯が出ると逃げやすいんですか？」

「そうなんですよ。町奉行って言ってもね、捕り方がたくさんいるわけじゃないんです。多くても五、六人ってところですからね。だから派手な高張提灯《たかはりぢょうちん》でおどすんですよ。捕り方がしっかりと十人もいるときはかえって提灯なんて使わないもんなんです」

犯人からすると捕り方の数が少ないということが、かえってわかってしまうらしい。

「まあ、素人ならびびって捕まっちゃいますけどね。慣れてくると提灯なんかでは怯えなくなってくるってもんなんですよ」

「それで昨日はどのような捕物だったの？」

「それがかどわかしの犯人が逃げたらしいんです」

どうやら寅七が逃げたらしい。店にいたなら捕物にはならないだろう。船宿にでも行ったのかもしれない。

いくら江戸でも毎日盗賊が活躍するわけでもないだろう。

納豆売りに礼を言うと平次の部屋に入った。

薬の匂いがする。傷口に塗る軟膏《なんこう》の匂いだ。

「怪我をしたのですか？」

「少しな」

「大丈夫ですか？　見せてください」

声に動揺が出る。

「かすり傷だよ、大したことじゃない」

平次が笑った。

「駄目です、見せてください」

着物を無理やり脱がせると傷を確認した。腕のところに薄く傷がついているが大したことなさそうだ。

ほっとする。刃物の切り傷は長く残ることがあるからだ。

「寒いからよ。服を着ていいか」

「あ。すいません」

思わず赤くなった。男の部屋に来て無理やり着物を脱がせているのは、はしたないを通り越している。

「すまないが照れないでくれないか」

平次の方も顔を赤くした。

「二人きりだって意識してしまうからな」

「そうですね」

そもそも平次は菊菜と結婚したいのである。部屋の中に二人きりでいればどうしたって意識はしてしまうだろう。

「すいません。不躾《ぶしつけ》でした」

なんとなくぎくしゃくしてしまって、菊菜はそそくさと食事の支度を済ませると、慌てて平次の長屋を出て来てしまった。

自分の疑問を口に出来なかったのは残念だが、意識しすぎて駄目になってしまいそうだ。

気持ちを落ち着かせるために、とりあえず銭湯に行くことにした。朝の寒い時はとにかく銭湯が一番である。

銭湯はわりと早朝からやっていて、朝はかなり混む。これから仕事に行く人ももちろんだが、早朝から仕事をしていて一息ついた連中も入りに来る。

と言ってもそれは男湯のことで、朝の女湯はどちらかと言うと芸者や遊女が多い。

朝食を作った後の時間帯となると今度はおかみさん連中が増えてくる。普段の菊菜は寺子屋に行く前に入浴するのだが、くびになってしまっているので、普段より少し遅い時間でも問題はない。

「いらっしゃい。今日は少し遅いんだね」

番台のおやつが声をかけてきた。

「しばらく寺子屋に行くことがないんですよ」

そう声をかけてから湯銭を渡した。

銭湯はいつ入るかによって客層が全然違う。見る限りでは今日は長屋のおかみさん連中が多いようだ。

「あら先生」

洗い場に入るなり声をかけられる。寺子屋の生徒の母親である。畳問屋をしている家で、きよと言う。

「きよさん。お久しぶりです」

「こんな時間にどうしたの。寺子屋に行ってるのではないの」

「暇を出されたのです」

「どうして？」

きよは心底驚いたようだった。声の調子はやや高くなる。

「岡っ引きの平次さんと夫婦になるかもしれないからです。岡っ引きが嫌いらしいですよ」

菊菜が言うと、今度は大きく頷いた。

「それもわかるわ。寺子屋に岡っ引きの関係者がいるとなると、どんな風にたかられるかわからないものね」

「ですよね」

平次から聞いてですら、岡っ引きは質《たち》が悪い。信用されないのももっともであった。

「なんとか平次さんに手柄をたてて欲しいんですけれどね」

「それなら大家さんに相談してみなよ」

きよは意外なことを言った。

「どうして大家さんなんですか」

「大きな盗賊は知らないけどさ、こそ泥なんかを一番捕まえてるのは大家じゃないか」

「そうなんですか？」

「そりゃそうだよ。大家は店子のことをよく知ってるからね、こそ泥なんかが相手なら同心や岡っ引きより断然大家だよ」

「盗賊は違うんですか」

「あれは玄人《くろうと》だからね、こそ泥は素人《しろうと》だから奉行所の出る幕なんてあんまりないんだ。それにそんなにたくさん泥棒がいるわけじゃないからね」

きよは楽しそうに笑った。

「昨日の捕物のことはご存じですか」

「もちろん知ってるよ。朝から井戸端会議でたくさん話したのよ」

長屋では朝の水汲《みずく》みの時にみんなで井戸端に集まる。その時の噂話があちらこちらに飛んでいくのである。

「昨日逃げた犯人のことはご存じなんですか」

「呉服屋の手代なんだろう。お嬢様に惚れてたっていうじゃないか。それにしても駄目な男だね。さらってしまえばなんとかなるなんて最低だよ」

きよは吐き捨てるように言った。

「どうせすぐ捕まるだろうけどね」

「どうしてそう思うんですか?」

「だってどこに逃げるって言うんだい。江戸なんて狭いもんだからね。海の上にでも行かない限り逃げるなんてできないさ」

「船に乗って逃げてしまったということはないんでしょうか」

「もちろんそれはないことじゃないけどさ。もしわかっていて犯人を船に乗せたなんてわかったら殺されちゃうからね。死罪だよ」

きよが恐ろしそうに言った。

確かにそうだ。しかし逃げた寅七が最初から盗賊の仲間だったとしたらどうなのだろう。彩香をかどわかすというのが計画の一環だったのではないだろうか。

だとすると本当の標的は呉服屋ということになる。

正しいかどうかはともかく、菊菜の勘としては怪しいと思われた。

きよに礼を言ってから銭湯を出る。綾乃のいる麦湯の店に足を運ぶことにした。

「朝早くから元気だね」

綾乃が菊菜を目ざとく見つけて声をかけてきた。

「もう店で働いてるあーちゃんの方が元気ではないですか」

「こちらはそういう仕事だからね。菊菜みたいに頭のいい人がやる仕事はできないのさ。それにしてもその顔を見るとなにか思うことがあるんだね」

「盗賊の集会で聞いてみたいことがあるのです」

「それなら三日後だ。でも出るっていうことは黄昏の世界の住人になるってことだけどそれでいいのかい。後戻りはできないよ」

そう言われても不思議なことにためらいはなかった。なんとなくそれが自然な生き方であるように思われたのだ。

「平気です。黄昏の世界に行きます」

誰もいない路地裏を通って別の世界に足を踏み入れるような感覚だった。

「では三日後の正午にここにおいで」

「昼間なんですか？」

盗賊の集会というからには、夜だと思っていた。

「盗賊だって普段は昼間に動いてるんだよ。なんでも夜だと思ってるんじゃないよね」

「夜だと思っていました」

菊菜は素直に答えた。

「気持ちはわかるけどね。大抵の盗賊は昼間の仕事を持っているから、働く時以外は昼間に生活しているんだよ」

そう言われれば確かにそうだ。そして案外専業の盗賊というのはいないものなのだと感じた。

「三日後にまた来ますね。それはそれとして相談があるのだけれど」

「なんだい」

菊菜は気になっていることを綾乃に聞いた。綾乃は最後まで黙って聞いていたが、大きく頷いた。

「確かにそいつは怪しいね。それは二重引き込みってやつだね」

「そういうやり方があるのですね」

「一人が事件を起こしてっていうのは珍しいけどね。引き込みが逃げ出してここはもう安全になったと思わせといて、実はもう一人引き込みがいるっていうやり方はあるらしいよ」

「ではやはり狙われてるかもしれないのですね」

「警戒しても損はない。問題はどうやって警戒するかなんだ。実はこいつらが怪しいと言ってもなかなか難しいからね」

確かにそうだ。犯人という証拠はない。

「ではどうすればいいのでしょう」

「いきなり盗賊に入られるって事はないだろうよ。とりあえず三日後の集会でどうしたらいいのか聞いてみるといいだろうね」

確かに今焦っても仕方がない。菊菜はとりあえず待つことにした。

その後の三日はそわそわしてなにも手につかなかった。平次に相談したいとも思ったが、集会が終わるまではおとなしくしていた方がいいと綾乃に忠告されていた。

だからなんとなくふわふわした三日を過ごしたのである。

三日後の昼。菊菜は綾乃の案内で一軒の蕎麦屋を訪れた。奥にかなり広い座敷がしつらえてある。密談に便利なつくりになっていた。

部屋にはまだ誰もいない。菊菜たちが一番乗りのようだった。今日はここでお酌をする役目というわけだ。

「今日はお世話になります」

しばらくすると一人ずつ、あわせて五人が集まった。どの盗賊も優しい雰囲気でとても盗賊とは思えない。

「これが平次親分のお嫁さんかい」

最初に入ってきた男が興味深そうに言った。

「もうご存じなのですか」

「すっかり有名人だよ。盗賊でお嬢さんを知らない人はいないのではないかな」

いつのまにか盗賊の間でも有名になったらしい。

「あの。どのような評判なのでしょう」

「うまくいくといいなって思っていますよ」

言ってから、男は改めて口を開いた。

「日本橋で蠟燭問屋を営んでいます。飯田屋《いいだや》孫兵衛《まごべえ》です」

「上蠟燭ですか?」

「はい」

「それはご立派ですね」

蠟燭問屋には、上蠟燭と下蠟燭がある。下蠟燭というのは、溶けてしまった蠟燭を集めてまた蠟燭の形にしたものだ。菊菜はこちらしか買ったことはない。

上蠟燭は裕福な商人や大名のものである。

「わたくしは日本橋の墨硯《すみすずり》問屋で伊勢屋《いせや》源三《げんぞう》です」

残りの三人も、小間物問屋、もぐさ問屋。そして堂島屋と、とても盗賊をやりそうにない仕事ばかりであった。

「どうしてみなさん盗賊をしているのですか」

「どうしてなんでしょうね。我々にもわからないんですよ」

飯田屋が困った表情になった。

「生活に困っているわけではないので、盗賊という病なのでしょうね。だから盗んだ金は身につけずに施しをしたりしています」

「盗まれた人は困るのではないですか」

「困ったほうがいい相手から盗んでいますよ」

伊勢屋が言った。

「あこぎな商人を狙っています」

どうやら彼らなりの正義があるらしい。

「と言っても捕まってしまえば打ち首ですからね。我々もそろそろ盗賊から足を洗おうと思っているのですよ」

「それはいいことですね」

なんにしても盗みを働くのはいいことではない。足を洗うならそれに越したことはないだろう。

「しかし我々の盗みというのは生活のためではなくて病ですからな。そう簡単に治るようなものではありません」

「それではどうやって足を洗うのですか」

「盗賊を退治しようと思いましてね」

伊勢屋がくすりと笑った。

「とは言っても我々が手柄をたてるわけにはいかないので、かわりに手柄をたててくれる人が欲しいのです」

「それが平次さんというわけですか？」

「岡っ引きと直接手は組めません」

「では、もしかしてわたくしですか？」

「そうです。お嬢さんの内助の功と手を組みたいのです」

これはいい話ではある。しかし、まだ嫁にも行っていないのに盗賊と手を組むことになるとは思わなかった。

きっと両親が知ったら嘆くだろう。

しかし、いかにも面白そうだ。自分のことは真面目だと思っていたが、案外そうではなかったのかもしれない。

それにいまは好都合でもある。

彩香の店をなんとか救いたかった。

「では。早速ですがご相談があるのです」

菊菜は思っていることを盗賊たちに語った。

盗賊たちは菊菜の言うことを真面目な表情で聴いていた。

「それは確かに盗賊に狙われてるね。それも少々たちの悪い連中に狙われてるようだ」

「そんなことがわかるのですか」

「盗賊っていうのは仕込みにいくらかけて、いくら使ったかという話なんだ。おそらく借金のかたにはめられたのは手代の方だな。小僧が悪党だろう。ただ、手代に罪をかぶせるために娘はさらって売り飛ばすだろうな」

「どうすればいいのですか？」

「そうだな。盗賊が忍び込む前に忍び込んで金蔵の前で待っているのがいいだろうよ」

「そのようなことができるのですか」

「私たちは腕のいい悪党だからね」

そう言うと男たちは楽しそうに笑ったのだった。

「あとはいい塩梅《あんばい》に平次親分が踏み込んでくれればいい」

「わかりました。平次さんには私から言います。それにしても盗む日取りはわかるのですか」

「大体わかるね。盗みにもコツというものがあるからね」

「いつですか」

「一月の晦日《みそか》だろう。新月だからね。大きな仕事は新月にやるものさ」

確かに新月なら辺りは真っ暗だから少々乱暴なことをしても顔を見られる心配もない。もしも盗賊が船を持っているならそのまま逃げることができる。

「わかりました。よろしくお願いします」

菊菜は頭を下げた。

「任せておくといいよ。私たちはお嬢さんが、菊菜さんがすっかり気に入ってしまったからね」

どうやら盗賊たちに気に入られたらしい。

「どこが気に入ったのですか？」

気になってしまう。

「真《ま》っ直《す》ぐなところさ。たとえ必要だと思っても盗賊とあっさり手を組むことができる人はそんなに多くないからね」

「それは真っ直ぐなのですか。むしろ少し曲がってしまっているのではないでしょうか」

菊菜の言葉に盗賊たちは再び笑った。

「目の前の人をどういう風に判断するのか人それぞれだけれどね。我々の感覚から行くと菊菜さんは真っ直ぐな心を持っているのさ。だから協力したくなったんだよ」

真っ直ぐと言われるのは嬉しいが、盗賊に褒められるのはもしかしたら悪いことなのかもしれない。

とりあえず礼を言って平次のところに戻ることにした。

神田明神に向かうと、平次がぶらぶらしている。

「おう。菊菜じゃねえか」

「おうじゃないですよ。大変なんです」

菊菜は平次に盗賊たちとのことを詳しく話した。平次は少々渋い顔をして菊菜の話を聞いていた。

「わかったけど、こいつはうちの旦那には言えないな。盗賊と手を組んで盗賊を退治するなんてことは内緒にしとくしかないだろう」

「わかりますけど、それで盗賊を捕まえられるのでしょうか」

「そいつはまあ。なんとかなるだろう」

平次が自信ありげに言った。なんとなくほっとする顔だった。

「とりあえず団子でも食おうじゃないか」

「なんでですか」

思わず聞き返した。団子と盗賊になにか関係あるのだろうか。

平次が少々照れくさそうな顔で言った。

「それはその。逢引きってやつだよ。俺たちちゃんと逢引きしてないじゃないか」

そう言われて、確かにそうだと思う。それと同時に笑ってしまった。

「こんな時に逢引きなんですか」

「まあ。景気づけってやつだ。菊菜の顔を見ながらだと、ただの団子でも美味くなる」

そう言われると嬉しい。

平次を意識してからの時間は短いが、好きになる速度は速い。なんとなく幸せな気分で団子屋に入ったのだった。

神田明神あたりは団子屋が多い。その中でもやはり美味しいとまずいはあるもので、美味しい店には行列ができていた。

「この団子屋がこの界隈《かいわい》で一番うまいんだ」

平次が一軒の団子屋に連れて行ってくれた。しかしとても座れそうにはない。店の中は客でいっぱいであった。

「これでは座れないですね」

「まあ見ていなよ」

平次は団子を十本買って戻ってきた。

「それはさすがに多いのではないですか？」

「まあいいってことよ」

それから菊菜を連れて神田明神の坂を降りていく。そしてなんと番屋へと向かっていった。

「おう。ちょっと借りるぜ」

声をかけると中に入っていった。

あとをついて入っていく。番屋には男が二人いて、将棋を指していた。女もひとりいて湯を沸かしている。

「大家さん？」

菊菜は思わず声をかけた。菊菜の長屋の大家の松田《まつだ》健吉《けんきち》である。

「おお。菊菜ちゃんじゃないか」

「どうしてここに？」

「番屋っていうのは大家が持ち回りで詰めていることが多いんだよ。なんといっても店子が関係するからね」

番屋に足を踏み入れることなどはないから知らなかったが、なかなか家庭的である。よく見るとお湯を沸かしているのは大家のおかみさんのおとよだった。

「なんだか大家さんの家みたいですね」

「似たようなものさ」

番屋には布団も置いてあって、寝泊まりができるようになっている。かまどもあって料理もできる。このまま普通に暮らせそうである。

「団子を買ってきたのでみんなで食べましょうよ」

平次が言った。

「お。三崎屋《みさきや》のか。これはいいな。おとよ、お茶を淹《い》れてくれ」

まるで松田の家に遊びにきたようである。平次が団子をおかみさんに渡すと、皿に盛ってくれた。

「なんだ。平次か」

もう一人の男が菊菜に笑顔を向けた。

「平次の長屋の大家で三宅吉次《みやけきちじ》です」

「よろしくお願いします」

菊菜は頭を下げた。

「いい嫁さんをもらったじゃないか。平次」

三宅が軽く笑う。

「俺は認めねえよ」

松田のほうは仏頂面であった。平次と菊菜の結婚にはあまりいい感情を持っていないらしい。しかし松田の態度を見る限り、平次が嫌いではないようだ。

「どうしてですか？　大家さんは平次さんのことが嫌いではないですよね」

「そういう問題じゃねえんだ。岡っ引きは稼ぎがないからな。菊菜ちゃんが貢ぐかと思うと不憫《ふびん》でたまらないんだよ」

どうやら平次の人柄の問題ではないらしい。

「わたしは大丈夫です。きちんと働きます」

「しかし」

松田はなおも不満そうだった。

「まあまあ。とにかく団子を食べましょう」

おとよがお茶を淹れてくれた。

「食べちゃいましょう」

菊菜も団子を食べることにした。

団子のたれは味噌を酒で溶いて砂糖で味つけしたもののようだった。味噌の塩味と砂糖の甘味がいい塩梅で舌に心地よい。

「とにかくちょっとぐらいの手柄じゃ俺は納得しないからな。ただしお前が本当にみんなのために働く岡っ引きなら、お前たち夫婦の暮らしていく金ぐらいは俺たちがなんとかしてやらないでもない」

「本当ですか」

菊菜は思わず聞き返した。それはとてもいい条件である。

「ありがたいお話ですが、大家さんたちが岡っ引きにお金を出してもいいのですか」

「本当はその方がいいんだ。町を守る岡っ引きが全く金を稼げないっていうのは本来おかしなことなんだよ。しかし金を出してやりたいと思う岡っ引きっていうのが全くいないんだよ。平次がきちんとするなら金は出してもいい」

それから松田は改めて平次を睨みつけた。

「その代わり菊菜ちゃんを不幸にしてみろ。江戸中の大家がお前の敵に回るから、しっかりと幸せにしろよ」

「それじゃあ認めてくれるんですか」

平次が嬉しそうに言った。

「認めないよ。お前はまだ立派な岡っ引きじゃない。立派になったと認めたらって言ってるだけだ」

「頑張ります」

平次は神妙に言った。

団子を食べると、菊菜は名前を伏せて、盗賊たちから聞いた話を語った。

新月の夜が危ないということと、適当な時間に踏み込んでほしいということだ。

「おう。わかった。人数をそろえておく」

菊菜にとってははじめての捕物である。

こう思っては不謹慎なのだが、なんだかわくわくする。

そして上手《うま》く手柄がたてられるといいな、と考えたのだった。

そしてあっという間にその日が来た。菊菜は、綾乃と五人の男を従えて彩香の店の裏口に立っていた。

彩香にはあえて知らせていない。なにも知らないままに決着をつけようということだった。

「では行きますよ」

飯田屋が裏の木戸をするりと開ける。

「鍵がかかっているのではないのですか？」

「そんなものないも同じですよ」

飯田屋が当たり前のように言った。どうやら彼らの前では錠前などというものはなんの役にも立たないらしい。

誰にも見られないようにあっという間に蔵の前につく。

「地図もいらないのですね」

「我々は盗まれる側でもありますからね。大体のことはわかるんですよ」

伊勢屋が言う。

なんの迷いもなく、蔵の錠前に手をかける。

「中で待ってるとしましょう」

言った瞬間、飯田屋の表情が変わった。

「開いている？」

蔵の鍵が開いていたのである。

あわてて中を開けると、飯田屋は蔵の中を調べた。

「この店はいくら貯《た》めていたのか知らないが、やられたのは千両だね。箱を開けて中の小判を抜いている」

「箱ごと持っては行かないんですか」

「千両箱は重いからね。あんなものを箱ごと持って行ったら目立つし逃げられないよ。中の小判を持てるだけ持って運ぶ方がいいのさ」

「それよりもこの店の娘がかどわかされているかどうかを調べた方がいい」

伊勢屋が言う。

蔵から出て店の中に戻ると、店のものが縛られていた。殺された者はいないらしい。小僧の二人は姿をくらましていた。

彩香もいない。

「やられたね」

飯田屋が唇を嚙《か》んだ。

「どうしたらいいのでしょう」

菊菜は声が上ずっているのを感じた。最初から店の人と相談しておけばよかった。少々小賢《こざか》しかったのではないかと後悔する。

「こうなったら仕方がない。彼らの後をつけて乗り込むしかないだろう」

「後をつけるなんてできるんですか。もう影も形もないではないですか」

「それは大丈夫だ。今夜は月が全く出ていないだろう。真っ暗な中で人が動いていればどうしたって目立つことになるんだよ」

確かにそうかもしれないが、さらわれた後では手遅れなのではないだろうか。

店の人の縄を解《ほど》いていると平次が入ってきた。

「一体これはどうしたことなんでい」

「思っていたより早くさらわれてしまいました」

そう言うと、平次は大きく頷いた。

「わかった。任せておきな」

どうやら平次にも腹案があるらしい。菊菜だけがこういう時は全く役に立たない。素人が現場に首を突っ込んでも役に立たないというい例だ。

「それにしても一体どうやって犯人を見つけて追い込むんですか」

「まあ見てなって」

平次は、店から出るなり呼子《よぶこ》を吹いた。深夜だけに笛の音が遠くまで響く。それに応えるかのようにあちこちで笛の音がした。

「岡っ引きの方々ですか？」

「呼子屋さ」

平次が当たり前のように言う。

「そんな仕事があるのですね」

「仕事じゃねえさ。捕り方っていうのは数が足りないからな。盗賊がその気になったら結構簡単に逃げてしまうんだよ。しかし呼子の音がすれば、その方向には逃げないだろう。盗賊が逃げる方向をこちらで操れるってわけさ。呼子を吹く以外はなにもしてくれないから、呼子屋って呼んでるんだよ」

確かに呼子を吹くだけなら大した手間ではない。こんな深夜でも力を貸してくれる人たちはいるということだろう。

「火の用心」

あちこちから声が上がった。

「あれは?」

「私たちが手配しておいた見回りですよ。こんな深夜でも提灯を持って街の中をうろうろしてくれます。盗賊からしたら結構厄介な相手なんですよ」

菊菜の知っている捕物とはかなり違う雰囲気である。

「では、私たちは盗賊の所に行きましょう」

「ご存じなのですか?」

「はっきりとことは言えませんが、たぶんここいらだろうというあたりをつけています。盗賊のことを一番知っているのは盗賊ですからね」

「あんたらは盗賊なのかい」

平次が言った。

「元盗賊です。足を洗って盗賊退治に乗り出すことにしたんですよ」

「元なんだな」

平次が念を押す。

「もちろんですよ」

飯田屋が答えると、平次は大きく頷いた。

「それならこっちには文句はねえ。それで誰が怪しいんだ」

「大坂船屋の河内屋《かわちや》六兵衛《ろくべえ》こと河童の小平治ですね」

「大坂船？」

「廻船《かいせん》問屋はいろいろあるけどね。江戸と大坂を行き来するのが大坂船なんですよ。なかなか儲かる船なんです。それを利用すれば盗賊もやりやすい」

なるほど、と菊菜は思う。それならば他の船の積み荷の情報も手に入るのだろう。船の上で盗賊に入られたというのも親分が大坂船の問屋なら納得がいく。

「もともと疑ってはいたのです。巾着切りが出ましたからね」

そういえば、最近神田明神に巾着切りが出たというのは菊菜も知っている。

「巾着切りが関係あるのですか？」

飯田屋が大きく頷いた。

「ありますよ。巾着切りというのは上方の掏摸なのです。江戸の掏摸は刃物を使うような野暮はしないですからね。そして巾着切りが出ると盗賊も出るのです。上方からやってきた盗賊がね」

「どういうことなのですか？」

「江戸で盗みを働いて上方に逃げる。そして盗むときだけまた江戸に戻る。そういう連中がいるんですよ」

「それはいやな人たちですね」

「別の国の人だから容赦がないんだ。金を根こそぎ盗もうとする連中もいるし、殺しやかどわかしもする。江戸の盗賊ならそこまではしないんだ」

飯田屋は怒りを隠そうともしなかった。

江戸の盗賊からすると、上方の盗賊は許せないものらしい。

「あいつらはね。盗みの前に巾着切りを鉄砲玉にするんですよ」

伊勢屋も怒りをにじませた。

「鉄砲玉？」

菊菜は思わず訊く。

伊勢屋が頷いた。

「そうですね。鉄砲玉っていうのは出たらもう戻らないでしょう？　行った場所で捨てて帰ってくる使い捨ての手下のことですよ」

伊勢屋はため息をついた。

「別に上方だからってわけじゃないですけどね。情のない連中が多い」

飯田屋が怒りをまじえていう。

「だからこそ、懲らしめてやりたいのです。本当は現場を押さえたかったんですが、万が一のために人も置いてあるから大丈夫です」

「随分手回しがいいんですね」

「せっかくですからね、失敗しない方がいいでしょう。お役人は事件が起こった後でゆったりと検分すればいいでしょうが、盗まれた側はそうは言ってられないですからね。捕まえる方もしっかり捕まえないと。特に今回は女の子の命がかかっていますからね」

呼子と火の用心の声に盗賊がどう思ったのか菊菜はわからない。しかし、菊菜が現場に着いてみると、盗賊たちは二人の男と睨み合っていた。

「おやおや。河内屋さん。こんなところでなにをしているんですか」

飯田屋は、一人の男に声をかけた。頭巾《ずきん》で顔を覆っているから誰なのか全くわからない。

「その声は飯田屋さんか？　そちらこそどうしてこんな所にいるんですか」

「金ならともかく、娘さんを攫《さら》うのはやりすぎですよ。少々懲らしめに来たんです」

「なんであんたが俺を懲らしめるんだよ」

「やりすぎる盗賊は嫌いなんですよ」

飯田屋が言うと、河内屋ははっとなった。

「まさかあんたも盗賊なのか」

その時、平次がこちらに向かって走って来るのが見えた。

「走ってる。飛脚でもないのに」

驚いて河内屋の動きがとまった。

「まさかこんなくだらない捕まり方をするとはな」

「あの」

菊菜は思わず声をかけた。

「なんだい」

河内屋は不機嫌そうな声を出した。近くに飯田屋がいるせいなのか、盗賊というよりは商人の声である。

「くだらない捕まり方というのはどのような捕まり方なんでしょう」

菊菜に言われて、河内屋は驚いた様子を見せた。

「なんだってそんなことを聞くんだ。それにあんたは誰なんだい」

「平次さんに嫁ぐ予定のものです。少し盗賊のことを勉強したいと思ったんです。聞かせていただいてはだめですか」

菊菜が言うと、河内屋は声を上げて笑い出した。

「盗賊になぜ捕まったのか尋ねるとはなかなか大したお嬢さんだ。いいだろう。この恥さらしな顚末《てんまつ》を話そうじゃないか」

そう言って河内屋は語りだした。元々は店に寄るのではなく、別の場所に用意しておいた船に乗るつもりだったのである。

それが呼子と見回りの声でつい自分の店に戻ってしまったのだ。

「はったりなのかどうなのかわからなくてね。若い頃ならはったりだと思ってそのまま突き進んだのが、つい弱気になってしまった。呼子の音に怯えるっていうのは年を取ってしまったんだね。捕まってなにもかも失うのが怖くなったんだ。

そんな気持ちで盗賊をやってはいけないね。盗賊は失う物がない人がやるものだよ」

河内屋は自嘲気味に言うと、一味全員が地面に座り込んだ。

そこに平次が追いついて来る。

「おう。大人しいじゃねえか」

平次に言われて河内屋は自嘲気味に笑った。

「抵抗しても仕方がないからね」

こうして、事件は無事に解決した。金も彩香も無事に戻ったのである。

「これでお手柄ですね」

河内屋を番屋に連れて行ったあと、菊菜は言った。

「おう。これで夫婦になれるな」

平次も嬉しそうに言う。

「そのときは我々も呼んでください」

飯田屋も言う。

こうして平次は無事に事件を解決したのであった。

しかし。

一件落着とはいかなかったのである。

「お手柄にならなかったのですか?」

菊菜はびっくりして平次の顔を見つめた。

「ならなかったな」

平次が渋い顔をして答える。

岡っ引きが単独で解決するには少々事件が大きかったのである。河内屋は普段から同心にたっぷりと賄賂を配っていた。

河内屋がいなくなると同心の収入に大きな影響が出る。

その上に深夜の出来事ということで目撃者もほとんどいない。そういうわけで同心たちがもみ消してしまったのである。

河内屋は二度と盗みを働かないということで事件はなかったことになった。

寅七はいかにも中途半端な形で罪を犯した上に泣いて詫びたこともあり、遠島《えんとう》ですんだ。河内屋の事件をもみ消したこともあって死罪は免れたのだった。

「まあ、盗賊がいなくなったということには変わらないからな。殺さなくても二度とやらないなら構わないという判断だ」

「奉行所はそれでいいのでしょうか」

「同心の給料が減るよりはましってことなんだろうな。まあ、正義の気持ちで盗賊を捕まえる奴なんてあんまりいないからな。それより、河内屋がこれをくれたよ」

平次が差し出したのは、瑪瑙《めのう》でできたいいかんざしであった。

「なにかあったらいつでも頼ってくれってことだ。お前のこと随分気に入っていたぜ」

「ありがとうございます」

なんだかもやもやしないわけでもないが、凶悪な盗賊でもなかったようだし、平和になるならこれでもいいのかもしれない。

「今度盗賊が出たらしっかりとお手柄にしましょう」

「そうだな」

平次が頷いた。

しかしこのような状態では一体いつになったらお手柄をたてられるのだろう。もしかしたら平次の嫁になるのはなかなか大変なのかもしれない。

そう思って、菊菜は心の中でため息をついたのであった。

人の声がとにかくやかましい。

初午である。

祭りばやしがそこら中から聞こえてきた。

二月の初午といえば江戸でも最大の祭りの一つだ。稲荷神社の祭りで、全ての稲荷神社は神輿を出して練り歩く。

江戸にはいったいどの位の稲荷神社があるのかわからないぐらい多い。江戸中が神輿に埋め尽くされたようになる。

そして初午は子供の祭りでもある。子供が稲荷神社への賽銭《さいせん》を集めるのである。

そのうちの半分は子供の取り分になるから、どの子供も一生懸命頑張る。

一文銭を十枚ひとくくりにして紐《ひも》で縛る。それを子供に分け与えるのである。

裕福な商家などは山ほど賽銭を準備していた。

走り回る子供にぶつからないようにするのは大変である。

そして稼ぎ時だけに、そこら中を屋台が埋め尽くしていた。

菊菜は出かける準備を終えると、長屋を出る。長屋の入り口に平次が待っていた。

「今日は格別美人だな」

歯の浮くような台詞《せりふ》だが、顔が真っ赤なので慣れていないのは明白だった。

「ありがとうございます。今日は安心して逢引きができますね」

菊菜が笑うと、平次は少々ぎこちない動きを見せた。緊張しているのだろう。

その気持ちはよくわかる、菊菜もかなりぎくしゃくしているのだ。平次の方も緊張しているから菊菜の様子に気づかないだけだ。

「どちらに行きますか」

江戸が全部祭りに包まれていると言っても、賑《にぎ》やかな場所もあれば少々寂れている場所もある。

「秋葉ヶ原に行くのはどうだろう」

「いいですね」

秋葉ヶ原は火除《ひよけ》地である。なので普段は案外閑散としていたりするのだが、祭りになるとありとあらゆる屋台が出てくる。

普段とは全く違って街がひとつ現れるようなものなのである。

歩いているだけでも楽しくなる華やかさがあった。普段は神社の境内で細々とやっている女芝居や女神楽《かぐら》も臨時の舞台を作って華やかに口上するのである。

若い娘たちの歌と踊りが繰り広げられるのは初午の醍醐味《だいごみ》でもある。

「はぐれないように、いいか？」

平次が左手を伸ばしてきた。

手をつなぐと、菊菜よりも温かい手だった。なんとなく安心できる温かさだ。

「では行きましょう」

二月でまだ空気は冷たいが、とにかく人混みなのでなんとなく暖かい。平次とゆったり秋葉ヶ原に向かう。

「お。玉蜀黍《とうもろこし》屋だ。ちょいと買ってくる」

平次がそう言うと、屋台に向かって歩いて行く。すぐに玉蜀黍を持って戻ってくる。

玉蜀黍は、実を焙烙《ほうろく》で炒《い》ってはじけさせて塩を振ったものだ。玉蜀黍の粒が白くはじけてふわふわした食感が心地いい。

炒り玉蜀黍は江戸の屋台の名物だ。普通の店で出すことはないが、祭りとなるとかならず出てくる。

「俺はこいつが好きだな。こういう祭りの時は最初に食べるのはいつだってこれなんだ」

そう言ってから平次は少し恥ずかしそうに顔を背けた。

「子供っぽいかな」

「そんなことありませんよ」

そう言ってから、菊菜も手をのばす。

「これからお祭りの時は、これを最初に食べることにしましょう」

「おう」

「こうやっているともうすっかり夫婦になったような気持ちですね」

「まだ全然慣れないけどな。大家の野郎、どうやっても俺を認めないつもりなんじゃないだろうな」

「全く取り付く島はありませんでしたね」

菊菜は思い出し笑いをした。

平次は事件を解決した後、大家さんや菊菜の両親に頭を下げに来た。しかし誰も彼もけんもほろろに扱って全く認めてくれなかったのである。

「一回事件を解決したぐらいでいい気になるな」

全員からそう言われてさすがの平次も少々へこたれたようだった。

「いくつも事件を解決すれば認めてもらえますよ」

「菊菜は俺が認められなくても平気なのか」

「もちろん認められた方が嬉しいに決まってますが、私は平気ですよ。他の誰がどう言おうと、私は平次さんのことを認めていますから」

「そうか。ありがとよ」

平次は少し子供っぽい笑顔を浮かべた。

「私が認めただけでは足りませんか？」

「それでもいいけどな」

ついこの間までの人生とは全く違う道を歩み始めたことを感じて、菊菜は改めて平次の手を握った。

「これからもよろしくお願いします」

「おう」

これからは昼間ではなくて黄昏の世界で生きていくのだろう。どんなことが待っているのか見当もつかないが、なんとなくわくわくする。

なんといってもこれからは、銭形平次の嫁として生きていくのだから。

そう思いながら、菊菜は玉蜀黍を口に入れたのだった。

〈参考文献〉

『江戸・町づくし稿（上巻・中巻・下巻）』岸井良衛　青蛙房
『江戸晴雨攷』根本順吉　中公文庫
『江戸の坂東京の坂』横関英一　中公文庫
『江戸切絵図と東京名所絵』白石つとむ編　小学館
『江戸物価事典』小野武雄編　展望社
『江戸生業物価事典』三好一光編　青蛙房
『江戸風物詩』川崎房五郎　桃源社

七代目《ななだいめ》 銭形平次《ぜにがたへいじ》の嫁《よめ》なんです　朝日文庫

2022年3月30日　第1刷発行

著　者　神楽坂《かぐらざか》淳《あつし》

発行者　三宮博信
発行所　朝日新聞出版
〒104-8011　東京都中央区築地5-3-2
電話　03-5541-8832（編集）
　　　03-5540-7793（販売）
印刷製本　大日本印刷株式会社

ISBN978-4-02-265031-3